KB160774

‖ 인문교양총서 31

괴테, 치유와 화해의 시

•

최 승 수

저자 **최승수**__ 경북대학교 인문대학 독어독문학과 교수

고려대학교 독어독문학과 졸업 동대학 석사 및 박사

독일 쾰른대학교 교환교수, 경북대학교 인문과학연구소장 역임

인간다운 삶을 위한 고뇌와 성찰, 이를 통해 삶과 화해하는 괴테의 문학세계에서 겸손함과 감사하는 마음을 배운다. 지금까지 연구는 괴테의 대표적 소설 작품, 『빌헬름 마이스터의 수업시대』, 『빌헬름 마이스터의 편력시대』를 다루었으며 주요 논문은 「『빌헬름 마이스터의 편력시대』에 나타난 교육이념으로서의 경외심」, 「괴테의 후기작품에 나타나는 역설」 등이 있다. 향후 연구는 세계화 시대에 우리가 반드시 배워야 하는 타문화와 종교에 대한 올바른 수용의 태도에 대해 『서동시집』(괴테의 이슬람 수용의 대표작품)을 중심으로 진행될 것이다.

경북대 인문교양총서 ㉛

괴테, 치유와 화해의 시

초판 인쇄 2016년 9월 2일
초판 발행 2016년 9월 9일

지은이 최승수
기 획 경북대학교 인문대학
펴낸이 이대현
편 집 최용환 권분옥 고나희
디자인 이홍주
마케팅 박태훈 안현진

펴낸곳 도서출판 역락
주 소 서울시 서초구 동광로 46길 6-6 문창빌딩 2층
전 화 02-3409-2060(편집), 2058(마케팅)
팩 스 02-3409-2059
등 록 1999년 4월 19일 제303-2002-000014호
전자우편 youkrack@hanmail.net
역락블로그 http://blog.naver.com/youkrack3888

값 8,000원
ISBN 979-11-5686-589-6 04850
      978-89-5556-896-7 세트

인문교양총서 031

괴테, 치유와 화해의 시

최승수 지음

역락

요한 볼프강 폰 괴테(Johann Wolfgang von Goethe)
1749년 8월 28일, 독일 – 1832년 3월 22일

서문

    독일의 위대한 시인 괴테는 우리 독자들이 쉽게 다가가기 어려운 작가인 듯하다. 그 이유는 아마도 작가에 대한 막연한 중압감, 그리고 작품에 대한 낯설음 때문인 듯하다. 사실 고전작품을 이해하기 위해서는 많은 시간을 들여 꼼꼼히 읽어내는 전통적 독서방식이 필요한데, 속도감이 일상을 지배하는 우리 시대에는 어려운 일이 아닐 수 없다.

    문학사적으로 중요한 괴테의 수많은 작품들, 특히 『빌헬름 마이스터의 수업시대』, 『빌헬름 마이스터의 편력시대』, 『파우스트』와 같은 큰 작품들을 과연 우리 독자들이 읽어낼 수 있을지, 또 제대로 이해하고 감상할지 의문스럽기까지 하다. 독서의 힘든 과정을 참아낸다면 물론 독자들은 좀 더 성숙한 자신을 발견하는 경험을 할 수 있을 것이다. 괴테가 여전히 오늘날의 독자에게 중요한 메시지를 전달할 수 있을 것이라는 기대, 이를 위한 작업에 대한 부담감을 떨칠 수 없었고, 상대적으로 쉽게 접근할 수 있는 그의 시를 소개하게 되었다.

    두 세기 반 이상의 시간적, 공간적 거리에도 불구하고 괴테의 작품에서 이야기되는 삶의 문제들은 오늘날에도 여전히 가치 있는 주제들이다. 아니 오히려 지금 우리의 기억에서 잠자고 있는 가장 본질적이고 가치 있는 존재와 삶의 문제들을 일깨우고 생각하게 한다. 인간다운 삶이란 너무나 막연해졌지만 그래도 우리가 놓치고 싶지 않은 인간의 가치는 여전히 향수로, 동경으로 남아있는 것 아닌가. 중요한 시 몇 편을 소개하는 이 책이 괴테를 읽어보겠다는 용기를 내는 데 도움이 되었으면 한다.

괴테의 시를 읽고 감상하는 일은 그리 만만하지는 않다. 번역문으로 읽어야 하기에 낭송, 그리고 암송할 때 전달되는 시적 감흥이 부족하기 때문이다. 또한 시인의 세계관과 중요한 주제들, 그리고 삶의 태도에 대한 이해가 부족하기에 시가 전하는 의미를 제대로 읽어내기 쉽지 않다. 따라서 꼼꼼히 그리고 반복해서 읽을 것을 권하고 싶다. 시에 이은 해설 또한 제법 어렵게 느껴질 수 있으나 그 의미를 곱씹어본다면 좋을 듯하다. 하지만 이러한 수고로움을 마다하지 않는다면 분명 일상의 번잡함으로 우리의 기억에서 잊혀져가는 존재의 문제들이 새롭게 다가오는 경험을 할 수 있으리라. 독일문학에서 괴테의 전통을 충실히 이어받는 작가로 평가되는 토마스 만은 그의 유명한 소설 『마의 산』 서문에서 엄청난 분량의 작품과 마주하고 있는 독자에게 자신의 서술태도를 '철저함'과 '상세함'으로 정의한다. 이 두 원칙은 자칫 독자에게 지루함을 느끼게 할 수 있으나 그는 오히려 이 원칙이 지적 호기심을 자극하고 즐거움을 가져다 줄 것이라 말한다. 독자들이 토마스 만의 원칙을 공감하기를 기대해본다.

괴테는 과연 우리가 사는 이 시대를 예견했을까? 휴머니즘에 근거하는 가치들이 사라지는 시대, 자본주의적 합리성이 오히려 삶을 혼돈으로 몰아가는 비합리성을 만들어낸 시대, 문명이 자연과 인간을 압도하는 시대에 그의 시는 우리가 잊고 있는, 그러나 기억해야 하는 메시지를 일깨워준다. 존재와 세계에 대한 고뇌와 성찰, 그리고 화해를 노래하는 그의 시가, 삶의 무게를 견뎌내지 못하고 치유를 갈망하는 이들에게 작은 위안이 되기를 희망해본다.

차례

I. 괴테 시편

1. 환영과 이별 – 사랑의 법칙성[*]
-수정본

내 가슴이 뛰었다. 얼른, 말에게로!
미처 생각도 하기 전에 올라타고
있었다.
저녁은 이미 대지를 흔들어 잠재우고
산에는 밤이 걸려 있었다
벌써 떡갈나무는 안개옷을 걸치고
우뚝 치솟은 거인은, 저기
덤불 속 어둠이
백 개의 검은 눈으로 내다보는 곳에.

슈트라스부르크 유학시절
만난 프리데리케 브리온

---

[*] 이 책에서 소개하는 열 편의 시 번역은 『괴테시 전집』 –민음사, 전영애 옮김–과 『서동시집』
–문학과 지성사, 안문영외 옮김–에서 인용하였으며, 저자의 약간의 수정이 있었음을 밝혀둔다.

달은 구름 언덕 위로 솟아 나와
안개 밖으로 초라하게 모습을 드러내고
바람은 나직이 날개를 퍼덕이며
오싹하게 씽씽 귓전을 스쳤다
밤은 천(千)의 괴물을 만들고 있었지만
내 용기는 생기 넘치고 즐거웠으니
내 핏줄 속에 이 무슨 불길인가!
내 심장 속에 이 무슨 열기인가!

그대를 바라보면, 온화한 기쁨이
그 감미로운 시선으로부터 내 몸 위로 흘렀고
내 마음 온통 그대 곁에 있어
숨결 하나하나도 그대 위한 것이었다.
장밋빛 봄기운이
사랑스러운 얼굴을 감돌고
나 위한 사랑 있으니-그대 신들이여!
내 희망하였을 뿐, 얻을 자격은 없었다오!

그러나, 아침 해가 떠오르자 벌써
이별이 나의 가슴을 죄어 오는구나
그대와의 입맞춤에 담긴 이 희열!
그대 눈 속에 담긴 이 고통!
나는 떠나고, 그대는 서서 시선을 떨구고
그리고 내 뒷모습을 젖은 눈길로 보았지

그러나 얼마나 행복인가, 사랑받는다는 것은!
그리고 사랑하는 것은, 신들이여, 또 얼마나 행복인가!

사랑은 작은 설렘으로 찾아오기도 하지만, 삶을 온통 뒤흔드는 열정으로 우리를 압도하기도 한다. 괴테는 슈트라스부르크 유학시절 근교 제젠하임 지역의 목사 딸 프리데리케 브리온과 사랑을 하게 되고 이 시기의 경험을 이 시에서 노래하고 있다. 1771년 쓰여져 1775년 발표된 초고는 제법 긴 시간이 흐른 후 1789년 "환영과 이별"이라는 제목으로 수정되어 출판된다.

초고의 첫 행 'Mir schlug das Herz; geschwind zu Pferde, 내 가슴이 뛴다, 얼른 말에게로'과 둘째 행 'und fort, wild, wie ein Held zur schlacht! 그리고 달려간다, 마치 전쟁터로 나가는 영웅처럼'은 수정본에서 달리 표현되고 있다. 'Es schlug mein Herz, geschwind zu Pferde! Es war getan fast eh' gedacht 내 가슴이 뛰었다. 얼른 말에게로! 미처 생각도 하기 전에 올라타고 있었다.

우리말 번역으로는 쉽게 드러나지 않는 초고와 수정본의 차이는 매우 의미심장하다. 초고에서는 Mir라는 일인칭 대명사가 가슴이 뛰는 주체가 나라는 것을 지시하고 있지만 수정본에서는 Es라는 비인칭주어가 일인칭 대명사를 대신하고 있다. 또한 생각도 하기 전 말에 올라타고 있다는 표현에는 행위자인

나를 지칭하는 인칭대명사 대신 Es라는 비인칭주어가 사리한
다. 사랑하는 여인을 생각하며 가슴이 뛰고, 그녀에게 말을 타
고 달려가려는 주체가 비인칭주어 Es로 표현되고 있는 것은 나
의 의지와 관계없이, 다시 말해 이성적 판단에 앞서 사고와 행
위가 이루어진다는 의미이다. 가슴이 뛰는 사고 이전의 신체적
반응은 특별한 순간의 체험이다. 우리의 이성은 이를 통제하거
나 지배하지 못하는데, 그러나 이 체험은 우리를 살아있는 존
재로 만든다. 사랑의 열정은 주체가 통제할 수 없는 주체 저
편에서 다가오는 힘이라는 것을 보여준다. 사랑에 사로잡힌 자
는 자유로운 주체가 아니라 우리를 놀라게 하고 행복하게 하
는, 동시에 고뇌하도록 하는 열정에 굴복하는 존재이다. 따라
서 일인칭 주어 대신 비인칭주어 Es를 사용한 것은 존재의 특
성, 이성적 사고와 합리적 판단 저 편의 또 다른 힘에 대한 인
식에서 비롯된다. 『젊은 베르테르의 슬픔』, 『친화력』 같은 중
요한 작품의 주제 중 하나인 "어두운 충동"에 굴복하기도 하
는 인간 존재의 특성을 노래하는 이 시는 합리성과 비합리성,
디오니소스적이며 아폴로적인 존재와 삶의 이원성을 노래하
고 있다.

여인에게로 달려가는 밤 시간의 섬뜩하고 무시무시한 풍경
이 묘사되는데, 이는 남성의 즐겁고, 불타오르는 내면의 상태
와 대조를 이룬다. 3연이 시작되면서 비로소 나라는 일인칭 주
어가 등장한다. 여인과의 다정한 만남이 이루어지고 저녁에서

아침까지 시간이 흐르는데, '감미로운 시선', '숨결 하나하나'와 같은 지극한 사랑의 표현은 독자를 에로틱한 연상 공간으로 이끈다.

4연은 2연의 6행에서와 같이 그러나(doch)로 시작한다. 남성은 여인을 떠나고, 이별은 가슴을 조여 여인은 고통에 사로잡힌다. 이때 '그러나(doch)'라는 표현은 헤어짐의 고통을 강조하는 동시에 간결한 금언형식으로 사랑이 무엇인지에 대해 말하고 있다.

> und doch, welch Glück geliebt zu werden!
> und lieber, Göffer, welch ein Glück!

> 그러나 얼마나 행복인가, 사랑받는다는 것은!
> 그리고 사랑하는 것은, 신들이며, 또 얼마나 행복인가!

사랑의 행복에 뒤따르는 이별의 고통은 사랑의 또 다른 조건이기에, 이 행복과 고통을 누구도 피할 수 없는 사랑의 필연성으로 이해해야 한다는 것이다. 따라서 견딜 수 없는 이별의 고통은, 그러나(doch) 사랑의 이중성을 이해하고 받아들일 때 극복가능하다. 다시 말해 사랑의 고통에도 불구하고 사랑하는, 사랑받는 행복을 긍정하게 된다.

이 시에서 주목해야 하는 또 하나의 특징은 사랑의 행위

중심에 말 대신 눈과 시선이 들어서고 있다는 점이다. 시의 서정적 자아는 침묵하지만 사랑의 본질과 법칙성을 노래하는 시는 독자에게 많은 의미를 전해준다. 시선은 언어로 전달 불가능한 사랑의 행위를 주도하고 있다. '감미로운 시선', '숨결' '그대를 바라보면'이란 표현은 말로는 불가능한 진실한 사랑의 조건들이다.

사랑에 빠진 자는 상대의 시선에 사로잡히고 말문이 막히게 된다. 사랑의 시선은 삶의 중압감을 견디게 하고, 트라우마에 사로잡힌 응어리의 모멘트를 시적 말하기로 녹여준다. 사랑의 시선은 이별이라는 피할 수 없는 실존의 비극조차, 다시 말해 이별을 행복으로 받아들일 것을 말하고 있다. 여기서 괴테는 존재에 대한 욕구가 실존의 고통보다 더욱 강렬하다는 것을 강조한다. 다시 말해 우리가 피할 수 없는 삶의 비극성, 사랑의 고통과 좌절의 아픔보다는 이를 삶의 법칙성으로 인식하고 긍정할 수 있는 형이상학적 존재로의 상승의 염원을 포기하지 말아야할 것을 노래한다. 열정과 고뇌에 대해 침묵하지 않고, 이를 긍정하며 수용할 것을 노래할 때 예술은 삶의 재앙을 막아주는 모멘트가 되고 있는 것 아닌가.

2. 일메나우 – 타자의 현존을 통한 자아인식

일메나우 지역을 담은 괴테의 스케치

우아한 골짜기여! 그대 늘 푸른 숲이여!
내 가슴이 다시 너희를 더없이 반기는구나
무겁게 늘어진 가지들을 펼쳐 다오
너희의 그늘 속으로 나를 다정히 맞아 다오
사랑과 흥겨움의 날에 너희의 언덕으로부터
신선한 공기와 향유로 나의 가슴에 생기를 다오!

운명은 바뀌어도 얼마나 자주 나
고귀한 산이여, 네 기슭으로 되돌아왔던가!
오늘은 너의 나즈막한 언덕에 내가 있게 하라
젊은 에덴, 새 에덴동산을 보게 하라!
나, 아마도 너희를 얻을 자격이 있으리

너희가 고요히 푸르러지는 동안, 나 조용히 마음 쓰나니,

나로 하여금 잊게 하라, 여기에서도 세계가
저 많은 피조물을 지상의 사슬에 묶고 있는 것을.
농부는 성긴 모래에다 씨앗을 맡겨
배추는 길러 무례한 야수에게 주고
광부는 벼랑 협곡에서 초라한 빵을 찾고
사냥꾼의 욕설에 숯쟁이는 벌벌 떤다.
자주 그러듯 너희 나에게서 젊어지라,
내가 오늘 새 삶을 시작했으니.

그대들 아리땁구나, 내게 이 꿈들을 허락하니,
꿈은 내게 아첨하고 옛 가락을 끌어낸다.
나 다시 모든 사람으로부터 멀리 떨어져,
얼마나 기꺼이 너희의 향기에 몸 씻는가!
키 큰 전나무 다시 소리 내며 살랑거리고
폭포는 출렁출렁 아래로 내닫는다.
구름은 가라앉고, 안개 무겁게 골짜기로 내린다.
하여 갑자기 밤과 어스름이 드리운다.

어두운 숲 속, 별들의 사랑의 눈길에서,
나 어느 사이엔가 잃어버린, 가야 할 오솔길은 어디인가?
무슨 듣기 드문 목소리 저 멀리서 들려오는가?
그 목소리들 바위에서 번갈아 울리며 퍼져 오른다.

그 뜻 알기 위해 나는 조용히 서두른다,
사슴의 부름에 사냥꾼이 가만히 이끌려 가듯.

나 어디 와 있는가? 요술 동화의 나라인가?
암벽의 발치에 웬 밤의 잔치인가?
잔가지 촘촘히 덮인 작은 오두막들 곁에
사람들이 즐겁게 불 가로 몸을 뻗은 모습이 보인다.
높은 곳에서는 한 줄기 빛이 전나무 홀을 뚫고 들어오고,
야트막한 화덕에는 소박한 식사가 준비되고 있는데
사람들은 큰 소리로 장난치고, 어느새 비워진
술병은 새롭게 원을 그리며 돌아간다.

말하라, 이 즐거운 무리를 무엇에 비할까?
어디서 오는 이들인가? 어디로 가는 이들인가?
이들의 모든 게 참으로 기이하구나!
인사를 해야 할까? 피해 달아나야 할까?
사냥꾼들의 거친 유령 떼인가?
여기서 요술을 부리고 있는 난쟁이들인가?
덤불숲 속에서는 작은 불들이 더 많이 보인다.
나는 소름이 끼친다, 머물 엄두가 나지 않는다.
이집트 사람들의 수상쩍은 체류인가?
아덴 숲에서처럼 도망치는 군주인가?
여기 나뭇가지 얽히고설킨 깊은 곳에서
길 잃은 내가 되살아난 셰익스피어의 유령들을 보고 있나?

그렇다, 그 생각이 나를 제대로 인도하니
그들과 똑같은 족속이 아니라면, 바로 그들 지신이다
그들 한가운데의 유령 하나 엄청나게 먹어 대고 있다
그런 거친 무리 가운데서도 고귀한 풍습이 감지된다.

그대들은 그를 뭐라 부르는가? 저기 몸 굽히고
넓은 어깨 떠억 벌리고 앉은 자 누구인가?
그는 느긋하게 모닥불 제일 가까이에 앉아 있는데
옛 영웅들 족속의 힘찬 모습이다.
그는 아끼는 잔을 탐욕스럽게 들이켜고
그의 이마에는 김이 솟고 있다.
썩 재미있지는 않지만 너그러운 그, 기쁨과 웃음이
무리 가운데서 울리게 할 줄 안다,
근엄한 얼굴로 그가
야만적으로 요란하게 낯선 사투리로 말할 때면,

고목나무 부러져 나간 곳에 가만히 기댄
또 한 사람은 누구인가,
길고, 모양 좋은 그의 팔다리는
열광에 취해 맥없이 늘어져 있고
술꾼들이 귀 기울이지 않는데도
정신의 비상을 통해 높은 곳으로 몸 날려 울리며
하늘 높은 대기층으로부터 춤추며 내려오는
저 단조로운 노래를 큰 열정으로 부르고 있는 저이는?

그렇지만 모두에게 뭔가가 부족한 것 같으니
그들이 한꺼번에 나직하게 말하는 소리가 들린다, 그건
저기 끝, 골짜기가 닫히는 곳
그 앞에서 작은 불의 마지막 눈길이 빛나고
쉽게 지어 만든 오두막 안에서
폭포수 소리에 에워싸여 부드러운 잠을 즐기고 있는
젊은이의 휴식을 중단시키지 않기 위해서이다.
내 마음이 나를 몰아간다, 저 절벽으로 가 보도록,
다른 사람들을 떠나 나는 살금살금 가만히 걸어간다.

여기 이 늦은 밤 생각에 잠겨
이 문턱에서 깨어있는 이, 나의 인사를 받으시오!
왜 그대 저 기쁨으로부터 떨어져 앉아 있는가?
뭔가 중요한 생각을 하고 있는 듯 보이는군.
그대를 그토록 생각에 몰입시켜
그대의 작은 불조차도 타오르지 못하게 하는 게 무엇인가?

"오 묻지 마십시오! 낯선 사람의
호기심을 쉽게 가라앉혀 줄 준비는 안 되어 있으니까.
그대의 선의조차 사절합니다
지금은 입 다물고 괴로워해야 할 시간.
내가 어디서 왔는지 누가 나를 이리로 보냈는지
저도 말씀을 드릴 수가 없습니다,
낯선 곳으로부터 이리로 흘러와

우정 때문에 꼼짝 못하고 단단히 붙박여 있지요

누군들 자신을 알겠습니까? 누군들 자기가 무얼 할 수
있는지 압니까?
용기 있는 사람은 결코 무모한 일을 벌이지 않았잖습니까?
후세에 가서야 드러나겠지요, 지금 당신이 하고 있는 일,
해로운 것이었는지 경건한 것이었는지.
프로메테우스조차도 순수한 하늘의 불을 숭배하며
갓 빚은 진흙 위로 흐르게 하지 않았습니까?
지상의 피보다 더 많이
생명 얻은 혈관으로 흐르게 할 수 있었잖습니까?
저는 순수한 불을 제단으로부터 가져왔습니다.
제가 점화하고 있는 것은 그저 순수한 불꽃이 아닙니다.
폭풍은 불꽃을 더욱 이글거리게 하고 위험을 키웁니다.
스스로를 비난하느라 흔들리는 일 없습니다.

비록 영리하지 못하게라도 용기와 자유를 노래했지요
저절로 우러나오는 솔직함과 자유를 노래하지요
또 자신에 대한 자랑과 진심어린 유쾌함을.
사람들의 아름다운 호의는 얻어 냈어요
하지만 아! 신 하나가 내게서 재주 한 가지,
꾸며서 처신하는 보잘것없는 재주를 없앴지요
이제 여기 앉아 있고요, 들뜨기도 하고 괴로워하기도 하며
잘못도 없이 벌 받고, 잘못 없기에 행복 누리죠

그렇지만 살짝 이야기하지요! 이 지붕 아래
내 모든 평안과 내 모든 괴로움이 있으니까요
답답한 운명에 이끌려 자연의 길을 떠나온
고귀한 마음 하나
예감에 차 이제 바른 길 위에 있지요,
때로는 자기 자신과 싸우고 때로는 마법의 그림자와 싸우고
태어나게 함으로써 운명이 그에게 선물한 것을
수고와 땀으로써 비로소 쟁취해 낼 생각을 하고 있지요
어떤 사랑스러운 말도 그의 정신을 드러낼 수 없고
어떤 노래도 그 높은 파고를 잠재울 수 없습니다.

누가 나뭇가지에서 기어 다니는 유충에게
장래의 먹이 이야기를 할 수 있겠습니까?
또 누가 땅바닥에 놓인 고치 속 유충이
여린 껍데기를 깨뜨리는 걸 도울 수 있겠습니까?
때가 오면, 저 스스로 밀고 나와서
날개 치며 서둘러 장미의 품 안으로 가지요

또 세월이 분명 그에게
그 힘이 나아갈 바른 방향을 일러 주겠지요
아직도, 진실한 것에 대한 깊은 애착을 가질 때
그에게는 오류도 하나의 열정이랍니다.
호기심이 그의 마음을 먼 곳으로 이끕니다
어떤 바위도 너무 험준하지 않고, 어떤 오솔길도 너무

좁지 않지요!
옆에서는 불행한 일이 숨이 기다리다가
그를 고통의 품 안으로 밀쳐 넣어요
그다음에는 고통스럽도록 팽팽히 긴장된 움직임이
그를 금세 이리 금세 저리 거세게 몰아가지요
그러면 불쾌한 움직임으로부터
그도 불쾌하게 다시 휴식을 취합니다.
또 맑은 나날에도 침울하게 거칠게
기쁨도 느끼지 못하고 터무니없이
영혼과 육신에 상처 입고 타격으로 짓찢겨
딱딱한 침상 위에 쓰러져 잠드니,
그사이 나는 여기서 거의 숨도 쉬지 않으며
두 눈을 가만히 자유로운 별들을 향해 돌려요
그리하여, 절반은 깨어 있고 절반은 무거운 꿈에 잠긴 채
저 역시 무거운 꿈을 거의 이겨 내지 못합니다."

사라져라, 꿈아!
　　　　뮤즈여, 나 그대들에게 얼마나 감사하는지
그대들이 오는 어느 오솔길에서 나를 멈춰 세웠지
단 한마디에 사위가 금방
밝아져 더없이 화창한 날이 되었지!
구름 달아나고, 안개 걷히고
그림자들 사라졌다. 오 신들이여, 상(賞)과 기쁨!
진짜 태양이 나에게 빛난다

더 아름다운 세계가 나 위해 살아 있다.
불안한 환각은 공중으로 흘러 흩어져 버렸다.
이건 새로운 삶이다, 벌써 오래전에 시작되었다.
나 여기서 본다, 긴 여행을 마친 후
조국에 돌아와 있는 자신을 다시 알아보듯
침착한 백성이 눈에 띄지 않게 부지런히
자연의 선물을 이용하는 모습을 본다.

실 가닥은 실감개로부터 서둘러 풀려
직조공의 빠른 직조기로 달려가고
밧줄과 석탄 두레박은 시원찮은 갱에서는
오래 머물러 있지 않는구나.
기만은 발각되고, 질서는 되돌아온다
확고한 지상의 행복과 번성이 뒤따른다.

그렇게, 오 군주시여, 그대 나라의 이 한구석이
그대 치세의 한 모범이 되기를!
그대는 그대 신분에 따르는 의무들을 잘 아시고
자유로운 영혼을 차츰차츰 제약해 가신다.
냉정하게 자기 자신과 자신의 뜻 따라 살아가는 이
스스로를 위해 많은 소망을 품을 수 있다.
하지만 남들을 평안하게 이끌기 위해 노력하는 이
스스로는 많은 것이 부족해도 견딜 수 있어야 한다.

그렇게 그대 살아가라―보수가 적지 않다―
저 씨 뿌리는 사람처럼, 흔들리시 밀고 끼리
우연의 가벼운 유희, 씨앗 하나 머지않아
여기 이 길 위에, 저기 가시 사이에 떨어지도록,
아니다! 풍요롭게, 현명하게 뿌리라, 남자답게 변함없는
손으로,
경작된 땅 위에다 축복을
그리고는 쉬게 하라,
그대와 그대 사람들을 행복하게 할 수확이 있으리니.

괴테를 바이마르로 초청한 아우구스트 공의 생일에 헌정된 이 시는 1783년 9월 3일 쓰여졌다. 괴테는 이때 소설 『빌헬름 마이스터의 수업시대』, 희곡 『이피게니에』와 『타소』 집필에서 정체되어 있었다. 이 시기 그의 문학적 성과는 단지 서정시 분야에 한정되어 있었고 생일을 축하하기 위해 쓰여진 『일메나우』는 기회시(機會詩)의 진주로 평가된다. 시가 헌정된 엿새 후 괴테는 슈타인 부인에게 보낸 글에서 "낯선 자의 현존은 우리 자신을 인식할 수 있는 가장 훌륭한 거울입니다"라고 적고 있다. 이 말에서 괴테는 이 시가 단순히 타자의 생일을 축하하기 위한 것이 아니라 자신을 인식해보려는 시도임을 시사한다고 볼 수 있다. 『시와 진실』에서 전하는 것처럼, 그를 기쁘게 했거나 괴롭게 했던 것, 그가 몰두했던 일들은 시로 말해진다. 아우구스트 공의 생일이 계기가 되었으나 괴테는 기억 속에 묻혀

있던 것 그리고 자신이 체험한 것을 허구의 방식인 시로 말하는데 이 기억과 체험들은 시가 되는 동시에 진실을 노래하고 있다. 따라서 이 시는 전기적 영역의 지평을 넘어서게 된다.

이 시는 1~4연, 마지막 4개의 연, 그리고 중간 부분으로 나누어 읽을 수 있다. 첫 부분은 친숙한 자연으로의 몰입을 표현하는 데 바이마르 근처의 일메나우 숲은 괴테에게 친숙한 공간이다. 서정적 자아는 새롭고 생기 넘치는 만남을 희망하고, 자연을 지각하며 기억에 대한 성찰을 넘어 순수한 내면의 통찰로 나아간다. 이는 마지막 부분에서 표현되는 '진짜 태양과 아름다운' 세계로 돌아가기 위한 과정이다. 5연부터 시작되는 제법 긴 중간부분은 길을 잃고 자신이 있어야할 곳에 있는지를 찾고 확인하는 과정이다. 아우구스트 공을 비롯한 지인들과 혈기왕성한 숲에서의 활동, 그러나 늦은 밤 생각에 잠기면 '내가 어디서 왔는지 누가 나를 여기로 보냈는지' 말할 수 없다. '누구도 자신을 알 수 없고 자신이 무엇을 할 수 있는지 모른다.' 15연에서는 아우구스트 공에 대한 노래가 이어진다. 자신과 싸우고 때로는 마법의 그림자와 싸우며, 자신에게 부과된 운명의 요구를 스스로 쟁취하려는 예감에 가득 찬 그는 바른 길 위에 있다고 칭송한다. 그가 맞이하는 앞으로의 세월 또한 자신에게 올바른 방향을 일러줄 것이라 희망한다.

'일메나우'는 아우구스트 공과의 우정을 표현하는, 그의 생일을 축하하는 기회시인 동시에 1783년을 전환점으로 작가의 정체성 변화를 예고하는 시이다. 다시 말해 바이마르로 이주 당시 혈기 넘치는 질풍노도의 작가에서 고선삭가로의 태도 변화가 눈에 띤다. 좀 더 구체적으로 살펴본다면 괴테의 전 작품에서 감지되는 사회적 책임의식이 나타난다. 마지막 전 3번째 연의 '질서는 돌아오고, 확고한 지상의 행복과 번성이 뒤따른다.'는 구절은 사회 윤리적 참여의식의 표현이라 할 수 있는데, 이 태도는 공동체 구성원인 개인의 불가피한 자기 제한에 대한 숭고한 감성을 전제로 가능하다. 또한 이 태도는 괴테가 노년에 '체념'이라 명명하는 중요한 개념이다. 체념은 그렇다면 사회적 당위와 개인의 의지의 갈등에서 개인의 욕구와 의지의 포기인가? 18세기 괴테 시대의 가장 중요한 주제이기도 하며, 오늘에도 여전히 유효한 개체와 전체의 갈등이라는 문제해결을 위해 괴테와 쉴러는 미적 교육을 제안한다. 쉴러는 미적교육론에서 아름다움, 미의 개념을 절대적이고 지속적인 것을 표현하는 것이라고 규정한다. 개인적이고 우연적인 것을 떨쳐내고 보편적이고 진리적인 것을 표현하는 아름다움, 이러한 미에 대한 경험은 공동체 구성원으로서 모든 자의적 의지를 스스로 절제하는 개체의 성숙, 즉 교양에 이르는 과정이며 오직 이 방법으로만 개체와 전체의 조화가 가능하다는 것이다. 또한 스스로를 부정하는 자만이 지배자의 자격이 있으며, 따라서 '남들을 편안하게 이끌기 위해 노력하는 자는, 스스로 많은 것이 부족해도 견딜 수 있어야 한다.'는 마지막 두 번째 연의 의미는 괴테

시대뿐 아니라 오늘의 시대에도 요구되는 덕목이기도 하다.

이 시는 괴테 자신이 가야할 올바른 삶의 길을 찾고자 하는 노력을 반영하는데, 자기 모습에 사로잡히지 않고 오히려 허구의 방식으로 표현되는 타자, 즉 아우구스트 공의 모습에서 자신의 길을 인식하려는 방식을 택하고 있다. 따라서 문학과 삶은 하나가 되는데 이때 객관화, 거리두기, 역사화의 법칙성을 드러낸다.

생일은 축복과 즐거움의 날이며 이 특별한 날 서정적 자아는 자신의 입지를 인식하려한다. 2연에서 노래하듯 '새로운 에덴동산을 보고자 한다.' 이로써 생일은 즐거움과 축하라는 일상의 의미지평을 넘어 새로운 생명의 탄생, 인간 창조라는 신화적 영역으로 이전된다. 따라서 이 시는 시를 통해 삶의 문제를 극복하기 위한 괴테의 전략이다. 시 7연에서 자신의 삶을 객관화시켜 역사화 하려는 수법이 눈에 띄는데, 문학의 모범이라 할 수 있는 셰익스피어 등과 자신을 견주어 스스로를 그들과 같은 존재로 명의 변경해보는 방식에서 자신을 과거의 인물로 낯설게 하려는 시도이다. 이때 동원되는 판타지와 시적 수단은 자기 치유를 위한 방법이 된다. 자신을 과거의 인물로 명의 변경하여 자신을 스스로 낯설게 만드는 일이야말로 괴테에게는 자신을 올바르게 인식하는 치유의 과정인 것이다. 자기 치유의 노력과 방식을 보여주는 시는 참된 것, 진리에 대한 문학의 참여가 가능함을 시사해준다. 과거의 기억에 대한 감정 대신 관찰의 태도가 자리하고 이를 통한 객관적 통찰은 현실의 문제를 교정하는데 이것이 시 기능에 대한 패러다임의 변화이다.

1~4연은 이미 친숙한 일메나우 숲을 생일날 다시 방문하여 노래하고 있다. 도입부에서 숲은 생기를 주고 향기로 방문자를 감싼다. 숲에서의 일상의 자연체험은 마지막 4번째 연에서 새로운 차원으로 이전된다. 예술의 신 뮤즈의 말 한마디에 사위가 밝아지고 화창한 날이 된다. 구름, 안개, 그림자가 사라지고 진짜 태양이 빛나며 아름다운 세계가 나를 위해 살아 숨 쉰다. 숲의 풍광에 가려있던 세계와 새로운 삶에 눈뜨고, 지배자뿐 아니라 자신도 책임 있는 행위로 타자를 교육하는 가운데 자신의 참모습을 인식하게 된다.

3. 왜 그대 우리에게 이 깊은 시선을 주었는가
- 시간성, 운명의 극복

왜 그대 우리에게 이 깊은 시선을 주었는가
우리의 미래를 예감에 차서 바라보지만
헛된 기쁨에 들떠서라도
우리의 사랑, 우리의 지상의 행복을
한 번도 믿어 준 적 없는 그 시선을?

바이마르의 슈타인 부인

왜 우리에게 주었는가, 운명이여,
우리가 서로의 가슴을 들여다보는 감정을
그 모든 드문 혼란을 뚫고
우리의 진실한 관계를 보아 버린 그 감정을?

아, 저 수천 수만의 인간들은
예측할 수 없던 고통에 절망하여
둔감하게 떠돌 뿐, 자기 자신의 가슴도 잘 몰라
목적 없이 이리저리 둥둥 떠다니고 내달린다,
그러다 다시 환호한다.
성급한 기쁨에 예상치 못한 서광이 비쳐 들 때면
사랑에 가득 찬 가엾은 우리 두 사람에게만
함께 나누는 행복이 없구나,
우리가 서로 이해하지 않고도 사랑하고
서로에게서 없었던 새 모습을 보며
늘 힘차게 꿈의 행복을 향하여 나아가고
꿈의 위험 속에서도 흔들려 보는 그런 행복이 없구나.

행복하여라, 허황된 꿈에 골몰하는 이!
행복하여라, 예감이 빗나가는 이!
한 번 한 번의 만남, 하나하나의 눈길에서
애석하게도 우리의 꿈과 예감은 더욱 굳어질 뿐.
말하라, 운명은 우리에게 무엇을 마련해 주는 건가?
말하라, 운명은 우리를 어떻게 이렇듯 꼭 맞게 묶어 놓았는가?

아, 그대는 전생에
나의 누이 아니면 나의 아내였다.

그대는 내 존재 전부를 알았습니다,
어떻게 가장 순수한 내 마음의 현이 울리는지도 엿보았습니다,
눈길 하나로 나를 읽을 수 있었습니다,
인간의 눈이 간파하기는 어려운 시선으로
뜨거운 피에다 절제를 방울방울 떨어뜨려 주었고
길 잃은 거친 걸음을 바로잡아 주었습니다.
부서진 가슴은
그대 천사의 품 안에서 다시 안식을 취했습니다.
마술처럼 가볍게 그를 비끄러매어
그에게 많은 날을 요술로 꺼내 보여 주었습니다.

그가 감사하며 그대의 발아래 엎드렸던
저 기쁨의 순간들에 비할 행복이 어디 있겠습니까,
그때 그의 가슴은 당신의 가슴에서 부풀어 오름을 느꼈고
당신의 눈 속에서 평온을 느꼈습니다,
그의 모든 감각이 맑아져
들끓는 피를 진정시킵니다.

그리고 그 모든 것에 관한 기억 하나만이
흔들리는 마음을 아직도 맴돌고 있습니다.
오랜 진실이 마음속에서 영원히 변함없음을 느낍니다,
하여 새로운 상태는 그에게 고통이 됩니다.

하여 우리는 서로에게, 혼을 절반만 불어 넣은 사람들
같습니다,
가장 밝은 대낮에도 우리 주위는 어슴푸레 가물거립니다.
행복하여라, 우리를 괴롭히는 운명조차도
우리를 바꾸어 놓지는 못하리니.

슈트라스부르크에서 법학박사 학위를 받은 괴테는 고향 프
랑크푸르트로 돌아와 변호사 일을 시작하지만 바이마르로 이
주하는 1775년까지 단지 몇 건의 사건을 수임했을 뿐이었다.
1774년 괴테는 『젊은 베르테르의 슬픔』으로 일약 세계적 작
가의 반열에 오르게 된다. 이 작품은 우리에게도 낯설지 않은
데, 아마도 사회적 관습의 벽을 넘지 못하는 두 남녀의 사랑
그리고 주인공 베르테르의 자살이라는 줄거리가 우리시대에
도 공감의 여지를 갖기 때문이리라. 물론 이 주인공들의 지극
한 사랑은 당시와 지금의 사회구조적 현실과 도덕 그리고 관
습의 차이로 인해 독자들의 열광을 불러일으키기에는 어색한
점 또한 없지 않다. 그러나 진정으로 사랑하는 여인과 결혼하
려는 베르테르의 태도는 결혼과 사랑이 별개의 문제였던 당
시의 시대상에 비추어 획기적이라 할 수 있다. 하지만 과연
오늘 우리시대의 젊은이들도 사랑이 전적으로 결혼의 조건이
라 생각하는지 궁금하기도 하다. 자연과의 소통에서 내면의
창조적 생동감을 느끼는 주인공 베르테르의 태도는 사랑이라

는 주제보다 더욱 의미심장하다. 자연과의 교감은 인간을 창조적 존재로 일깨우는데 이 존재에게 세계는 사물세계가 아니라 살아 움직이는 생성과 소멸의 법칙성을 보여주는 신성의 대상이다. 자연을 신적 본질의 대상으로 바라보는 인간은 자신을 또한 창조적 존재로 느낀다. 다시 말해 이 세계는 바로 나의 표상인 것이다. 따라서 이 작품은 새로운 시대의 창조적 인간상을 표현한다는 점에서 중요한 의미를 갖는다.

베르테르 발표 1년 후 1775년 괴테는 바이마르라는 소공국의 황태자 아우구스트 공으로부터 초청을 받게 되고 그는 고향을 떠나 바이마르로 향한다. 그러나 시민계급의 작가 괴테가 궁정사회에 적응하기는 쉽지 않았는데 이 시기에 슈타인 부인과의 만남이 이루어진다. 괴테와 슈타인 부인과의 만남은 운명적이었는지도 모른다. 바이마르로 이주한 괴테는 찜머만과의 만남에서 슈타인 부인의 실루엣을 볼 기회를 갖게 된다. 여러 다른 인물들의 실루엣 가운데 슈타인 부인의 것에 관심을 보였던 괴테는 "마치 놀라운 장면이 연출되는 듯 했고, 마치 이 세계가 이 여인의 영혼에서 비추어지는 듯 했다."고 술회한다. 궁정사회에 적응하는 데 어려웠던 괴테, 작가로서의 정체성에 대한 회의와 혼란의 시기에 슈타인 부인과의 만남은 그의 영혼을 치유하는 또 다른 사랑의 경험이 된다. 사실 그녀 또한 베르테르를 읽었고 작가 괴테에 관심을 갖고 있었는데 실루엣으로 그녀를 소개했던 찜머만에게 괴테와의 만남을 희망한다. 찜머만은 그녀에게 괴테가 "사랑스러운, 그리고 마법의 매력을 갖고 있는, 그녀에게는 위험할 수 있는" 남성임을 전한다. 11년간 권태로운 결혼생활을 하고 있던 7년 연상의 그녀가 괴테를 만난 것은 1775년 12월 6일로 기록되고 있다. 사랑 없는 결혼생활에서 그녀는 괴테와의 만남으로 삶의 의욕을 찾게 되고 두 사람의 사랑이 시작된다. 이들이 주고받았던 3,000여 통의 편지와 메모는 실제 두 사람 사이의 관계보다 더욱 더 강렬한 사랑의 기록으로 남는다. 괴테 역시 그를 광기로 위협할 정도의 사랑을 경험하는데 그는 이 사랑에서 벗어날 수도 없었고 또 벗어나려하지도 않았다.

두 사람의 사랑을 노래한 시 중 가장 대표적인 이 시는 괴테가 비일란트에게 고백한 것처럼 윤회라는 개념을 떠오르게 한다. 사랑하는 자만이 느끼는 깊은 시선은 3연에서 '그대는 전생에 나의 누이 아니면 나의 아내'였던 것을 일깨우고 또한 '미래를 예감에 차서 바라보게 한다.' 그러나 두 사람에게 지상에서의 행복은 거부되어 있다. 수천수만의 평범한 인간들은 사랑의 고통으로 절망하기도 하지만 기대하지 않았던 사랑의 희망이 다가오면 또 다시 환호한다. 현실에서의 행복이 거부되어 있는 두 사람에게 사랑의 고통과 기쁨에 흔들리며 허황된 꿈과 때로는 빗나가는 예감에 몰두하는 이들은 오히려 행복한 존재들이다. 사랑의 시선은 두 사람의 진정한 관계가 무엇인지에 답하는데, 누이 아니면 아내였음을 예감하게 한다.

사랑하는 여인의 시선은 성숙하지 못한 자에게 절제와 안식을 가져다주고 설사 일상의 행복이 거부되있디 헤도 비할 바 없는 행복을 느끼게 한다. 이는 이들의 사랑이 맞설 수 없는 운명조차 넘어설 수 있다는 선언이다.

윤회에 대한 일깨움으로 사랑하는 여인이 누이 또한 아내였다는 인식은 현실에서 이루어지지 못하는 사랑에 대한 보상의 기능을 한다. 과거의 인식은 미래에 그가 희망하는 것에 다름 아니다. 이를 위해서 오직 진정 사랑하는 이의 깊은 시선이면 충분하다. 왜냐하면 그녀는 절제와 보호 그리고 치유의 존재이기 때문이다. 과거와 미래로 향했던 시선은 시의 종결 부분에서 현재로 향한다. 현재는 과거 두 사람의 관계와 다른, 다시 말해 운명이 정해놓은 고통으로 이어진다. 그럼에도 불구하고 시의 마지막 행에서 '행복하여라, 우리를 괴롭히는 운명조차도, 우리를 바꾸어 놓지는 못하리니'라고 노래하는데, 이때 고통과 행복은 사랑의 필수적 조건이다.

1776년 6월 괴테는 슈타인 부인에게 두 사람의 사랑으로 자신은 행복하며, 또한 불행하다고 적고 있다. 운명이 정해놓은 현실로 인한 고통은 견디기 어려운 것이지만 사랑의 행복은 그 고통을 감내하고 극복하여 두 사람의 사랑은 최고의 가치를 획득하는 것이다. 진실한 관계를 탐색하는 깊은 시선은 현재라는 시간 지평을 극복한다. 깊은 시선은 과거의 시간에 묻혀있던 전생의 기억을 일깨우며 미래를 예감하게 하고 다시 현재의 시간으로 돌아온다. 이로서 과거와 미래가 함께하는 현재라는 시간성에 대한 인식이 이루어지며, 이는 오직 사랑의 경험을 통해서 가능하다.

4. 나그네의 저녁노래
- 나는 고뇌한다, 고로 나는 존재한다

시의 배경이 된 키켈한 산

나그네의 저녁노래 1
하늘로부터 온 그대
모든 괴로움과 고통을 달래 주고
갑절로 비참한 사람을
갑절의 원기로 채워 주는구나.
아, 나는 떠도는 데 지쳤다.
이 모든 고통과 기쁨은 무엇이란 말인가?
감미로운 평화여,
오라, 아, 오라 내 가슴속으로!

나그네의 저녁노래 2

모든 산봉우리 위에는
안식이 깃들고
모든 우듬지 위에는
한 가닥 숨결조차
느껴지지 않는구나.
숲에서는 작은 새들이 입을 다문다.
기다리라, 머지않아
그대 또한 쉬리니.

나그네의 저녁노래라는 제목의 이 시는 감미로운 평화를 갈망하는 "나그네로서의 인간"-homo viator을 노래한다. 인간은 탄생과 더불어 시작되어 죽음의 순간에 끝나는 삶의 시간 동안 구원을 기대하며 불안한 현존재의 삶을 영위한다. 안식에 대한 기대는 낙원에서 추방된 인간의 원죄이자 숙명이며 이를 염원하는 인간은 나그네로 규정되는 삶의 특성으로부터 자유롭지 못하다. 서정적 자아가 말하는 '하늘로부터 온 그대'는 우선 시의 분위기로 미루어 인간을 지칭하고 있는 것은 아니다. 감미로운 평화는 하늘로부터 온 그대를 불러내어 주위를 환기시키는 목표임이 드러난다.

'아, 나는 떠도는 데 지쳤다. 이 모든 고통과 기쁨을 무엇이란 말인가?'라는 안식에 대한 기대의 실망감은 시 중간 부분에서 나타나는 통사론적 파괴에 상응한다. 다시 말해 단지 콤마와 영혼의 소리인 아!(Ach!) 라는 감탄사와 분리되어, 접속사가 생략된 채 이어지는 탄식에 상응하는 표현-나는 떠도는 데 지쳤다-으로 이어진다. 불안 한 가운데 불쾌감, 피로를 느끼는 주체는 실존의 피할 수 없는 조건-나는 고뇌한다, 고로 나는 존재한다-을 경험한다. 다시 말해 현 존재의 숙명적 삶의 조건이 고뇌라는 것을 인식하는 주체는 천상에서 인간의 한탄을 수신하는 심급과 마주하고 있다. 그러나 이 심급이 무엇인가는 여전히 불분명하다. 서정시란 의미론적 불분명함을 형식적 명확함과 결합시키는 말하기, 또는 글쓰기 방식이다. 다시 말해 시란 인식론적으로 측정 불가능한 것에 대한 말하기 방식이며, 대체가능한 합리성으로 밝히려는 시도이다.

시 구성에서 우울증의 이유가 드러나는데, 이는 중복이라는 현상에서 분명해진다. 중복은 시이 근본원칙이라 할 수 있는데, 운, 통사론적 대비, 두어반복, 결구반복 등에서 나타난다. 중복이라는 이 원칙은 시적 심리상태를 주관적 심리상태와 친밀하게 통합하고 있다. 스스로를 의식하는 주체는 시를 매개로 하여 자신을 경험한다. 즉, 자기연관성은 주관성의 본질적 구조를 드러내는 징표이면서 동시에 미적 원칙이다. 다시 말해 주체의 자기성찰은 언어로 표현되는 시의 의미지평 내에서 이루어지고, 자기 성찰을 열어 보이는 시의 구조적,

의미론적 공간에서 움직인다.

떠도는 데 지친 나그네는 자신에게로 돌아와 고통과 기쁨이라는 이중의 감정을 토로한다. 이때 고통과 기쁨은 끊임없이 교대로 찾아온다. '이 모든 고통과 기쁨은 무엇이란 말인가?(Was soll all der Schmerz und Lust)'라는 표현에서 고통과 기쁨이라는 두 감정을 soll이라는 단수용법에 사용하는 동사형태를 사용하고 있음이 특징적이다. 이는 고통과 기쁨은 이미 동일성의 관점에서 하나라는 것을 지시하고자 하는 괴테의 의도가 숨어있는 것이다. 이러한 시적 표현을 이해하기는 다소 어려운 점이 없지 않으나 괴테 문학의 또 하나의 특성이라 할 수 있다. 이원적 명제의 대립적 관계를 흑백의 논리로 이해해서는 안 된다. 괴테의 대작 『파우스트』에서 주인공을 유혹하는 악마 메피스토펠레스는 인간을 악의 길로, 타락의 길로 인도하는 자가 아니다. 천상의 서곡에서 천상을 다스리는 군주는 쉽게 만족하고 지상의 작은 행복에 안주하려는 인간을 자극하고 충동질하기 위해 메피스토펠레스라는 존재가 필요하다고 말한다. 인간을 좀 더 높은 이상으로 일깨우기 위한 방편으로 악마의 존재가 필요한 것이다. 따라서 악을 표상하는 메피스토펠레스는 선과 이상을 추구하는 파우스트와의 상호지시 관계에서만 비로소 올바르게 평가될 수 있다. 삶과 죽음, 사랑과 미움, 선과 악, 유와 무 등의 이원론적인 명제는 따라서 상호지시의 관계에서 올바른 의미가 드러나는 것이며 이러한 지시 관계에 대한 이해에서 드러나는 역설적 진리가 인식의 지평을 넓혀주는 것이다.

시에서 중복은 두 가지 관점에서 나타난다. 주관적 원칙으로서 중복은 감상적 고뇌를 야기한다. 그러나 이 고뇌는 시에서 나타나는 중복을 통해 치유될 수 있다. 상처를 입힌 창만이 상처를 아물게 할 수 있듯, 상처의 원인을 표현하는 시는 동시에 감미로운 평화의 모습에서 치유의 기능을 한다. 다시 말해 시를 읽는 독자는 고뇌와 기쁨의 동일성을 이해하게 됨으로써 감미로운 평화를 염원하는 삶의 조건에 눈뜨는데, 이로서 시는 독자로 하여금 삶의 현실을 수용하고 긍정하는 태도를 갖게 함으로써 치유의 기능을 한다. 왜냐하면 '감미로운 평화여!(Süße Friede!)'라는 마지막 행 앞 행에서의 돈호법은 이 외침에 답하기를 원하는 수신자-이 경우 독자의 주의를 환기시키는 것이라 할 수 있는데-를 지속적으로 강조하며, 그를 불러내는 것을 중요한 주제로 표현하기 때문이다. 이 부분은 시를 읽을 것이 아니라 낭송할 것을 요구하는 듯 보인다. 이때 감미로운 평화라는 표현은 격정적으로 확장되는데, 이는 평화를 리듬에 맞추어 상징적으로 드러내기 위한 것이다. 장단격의 리듬에 맞추어, 지친 일상이 멈추고, 기쁨과 고통 사이에서 진동하는 인간의 열정이 정지된다. 이 시는 이로서 나그네로서의 삶의 고통과 기쁨의 본래적 의미를 드러내 보여주고, 동시에 평화를 노래함으로써 일상의 무게로부터 벗어나게 하는 시의 치유의 가능성을 표현한다. 따라서 이 시는 선험적 초월성을 지향하는 것이 이니라 현심의 독자를 겨냥하는 기도이다. 또한 안식에 대한 요구를 충족해줄 수 있는 심급으로서의 시는 언어로 표현하는 동시에 독자를 안식으로 이끄는 수행적 기능을 하고 있다.

위에서 언급한 『나그네의 저녁노래Ⅰ』이 쓰여진 6년 후 1815년 고타출판사에서 출간된 시집에『나그네의 저녁노래Ⅱ』가 수록된다. 이 시는 1780년 9월 6일에 일메나우 지역의 가장 높은 산 키켈한에서 쓰여졌다. 도보여행용 지도에 "괴테의 작은 집"으로 표기된 시 탄생 장소와 시인 괴테에 대한 숭배가 이 시를 읽는 독자들의 태도라 할 수 있다. 또한 이 시는 전문가들조차 경외심으로 인해 함부로 다룰 수 없으며, 올바른 해석을 할 수 있을까 라는 망설임의 대상이었다. 만일 잘 알려져 있다는 이유에서 아직 이 시가 제대로 해석되지 못하고 있다는 전제가 타당하다면, 이 시를 올바르게 읽기 위한 전제는 시에 대한 친숙함을 떨쳐버려야 하는 일인지도 모른다.

『나그네의 저녁노래Ⅰ』에 연이어 수록된 이 시의 원제는 "하나의 같은 시"인데 편의상『나그네의 저녁노래Ⅱ』로 번역되고 있다. 따라서 자칫 이 시를 앞선 시와 같은 의미 연관선상에서 읽게 될 수도 있다. 다시 말해 감미로운 평화를 기대하는 나그네에게 안식에 대한 동경이 충족된 것이라는 해석은 그러나 자세히 들여다보면 의문스럽기까지 하다. 물론 이 시의 첫 행 '모든 산봉우리에는 안식이 깃들고'에서 안식에 대한 기대가 충족되는 듯 하나 이는 단지 첫 번째 시와 "같은 시"라는 제목과 연관된 피상적 이해일 뿐이다. 두 번째 시는 첫 번째 시와 유사한 성격의 시이기는 하지만 의미의 중요성에 비추어 오히려 거의 대조되는 시라고 할 수 있다.

고통과 기쁨의 소용돌이에서 벗어나 감미로운 평화를 갈구하는 첫 번째 시와, 자연세계를 관조하며 눈앞에 떠올리는 두 번째 시는 대칭적이다. 관조하는 자아로의 몰입은 숭고한 태도이며 첫째 시의 격정적 고뇌의 체험은 자신과 멀어진 관조의 상태에서 지양되고 있다. 관조의 상태란 괴테의 언급에 따르면 "가능한 나 자신을 부정하고 대상을 순수하게 나에게 받아들이는 일이다" 자신을 잃어버리는 자만이 자신을 지켜나갈 수 있으며 이는 절제된 자기 포기에서 가능하다. 자신에 대한 절제된 포기란 미적으로 기초된 섭생법을 전제로 가능한데, 미적경험을 바탕으로 하는 섭생법은 앞서 노래한 시 '일메나우' 해설에서 언급한 바 있다. 한 가지 더 강조한다면 미적경험의 핵심은 자의(Willkür)로부터 자유로워진다는 것을 의미한다. 아름다운 예술이란 자의적인 것을 떨쳐내고 필연적 법칙성을 보여주는 것이 아니겠는가.

시의 초입부는 정체된 자연세계를 그리고 있다. 높은 산봉우리는 동식물의 영역보다 상위의 돌로 특징지어지는 세계인데 이 세계는 안정을 상징하는 공간이다. 나그네는 일상을 떠

나 키켈한 산봉우리에 자리하고 있다. 산 정상은 형이상학석
이며 인류학적 의미를 갖는 장소이다. 토마스만이 『마이 산』
에서 말하듯 시간과 공간은 존재의 변화가능성을 내포한다.
시간의 흐름은 새로운 존재로의 변화를 가능하게 하는 동력
이라 할 수 있는데 공간 또한 그러하다. 주인공 한스 카르토
르프가 산에 위치한 요양원이라는 장소에서 새로운 존재로
거듭나듯 나그네는 산 정상에서 새로운 성찰의 주체가 된다.
형이상학적 장소라는 의미는 바로 이러한 특징을 말하는 것
이며 인류학적 장소라는 의미는 존재론적 사고와 문화적 특
성을 갖는 존재로서 자연세계와 비교되는 인간을 지시한다.
산 정상은 하늘과 대지, 신과 인간, 인간과 자연이 만나는 장
소이다. 인간의 영역을 넘어서는 숭고한 창조의 파노라마는
자아확인의, 인간의 유한함을 생생하게 그려보는, 심미안적
고찰의 공간이 된다. 산 정상의 나그네는 자연 전체를 자신의
경험공간으로 함으로써 신이 누리는 총체적 통찰의 특권을
감히 자기 것으로 하는 것이 아닌가? 이때 주체의 시선은 지
질학과 세계사, 영혼의 고뇌와 종교적 구원의 역사 사이에서
시계의 추처럼 흔들린다. 자칫 인간의 한계를 넘어서려는 신
성 모독적 희망은 그러나 괴테의 기본 태도이다.

우듬지 위에는, 다시 말해 식물세계에는 돌의 세계인 산 정
상과 비교해 안식이 감소하는데 이는 생명력의 정도와 반비
례한다. 거의 알아차릴 수 없는 우듬지의 움직임, 즉 숨결

(Hauch)은 느낀다(spüren)는 수용 행위와 대어개념이다. 행동의 영역인 동물세계를 지시하는 새 또한 입을 다무는데, 이는 말의 중단과 다르지 않다. 돌의 세계, 식물세계, 동물세계는 말이 사라진 상태로 특징지어지는데 바로 이 점이 안식의 원칙이라 할 수 있다. 이와는 대조적으로 마지막 두 행에서 '기다려라! 머지않아 그대 또한 쉬리니.'라는 수수께끼 같은 구절이 독자를 기다린다. 독자는 이 의미심장한 말이 누가 누구에게 하는 것인지, 또한 위에서 언급된 세 영역에 현존하는 안식이, 이 의미심장한 말로 인해 방해받는다는 것을 인지하지 못한다. 이때 서정적 주체가 자신에게 말을 걸고, 자연세계라는 경험공간을 양가적 기대지평으로 변화시키는 성찰행위가 중요하다.

나그네는 하나의 세계를 발견하는데 또한 자기 자신에 대해 성찰하도록 지시된다. 돌, 식물, 동물의 세계에 뒤이어 인간이 등장하는데, 인간은 창조물로 구성된 우주의 고리사슬 가운데 가장 불안한 구성원이다. 다시 말해 창조된 이 세계에서 가장 동요하기 쉬운 변화무쌍한 존재이다. '기다려라! 머지않아 그대 또한 쉬리니'라는 마지막 두 행의 의미를 직접적으로 해석해 이 시에서 불안이 완전히 사라진 것이라는 목가적 해석은 옳지 않다. 오히려 반대라 할 수 있다. 자연세계에서 인간세계로의 이전은 자연세계의 특징인 안식의 상실과 함께 진행되고 있다. 이 시는 자연세계의 안식에 대해서가 아니라 오히려 시적 표현을 통해 안식의 좌절을 말하고 있다. 이는 단지 안식이 이를 희망하는 자에게 기대의 대상으로 찾아오지 못하기 때문은 아니다. 기다리면 머지않아 안식이 찾아오리라는 약속은 역설적인 말하기에서 특징지어진다. 역설적이라는 의미는 바로 죽음을 연상시키는, 다시 말해 죽음이 찾아와야 비로소 안식에 들게 되리라는 위협으로 이해될 수 있기 때문이다. 인간은 언어능력을 부여받은 이성적 존재이며, 동시에 죽음을 성찰하는 존재이다. 숨결과 안식은 죽음의 분위기를 환기시키는 메타포이며 이는 죽음으로의 선구라는 하이데거의 명제와 같은 맥락에서 이해될 수 있다. 안식에 대한 예고-머지않아 안식이 찾아오리라는-는 삶의 종말이라는 위협인 동시에 죽음에 대한 낭만적 동경의 선취인데, 이때 죽음은 동요하지 않는 자연과의 합일에 대한 약속이며, 인간과 자연의 경계를 지우는 조건이다.

이 시에서 또 하나 주목할 점은 시행을 구분하는 콤마, 세미콜론, 마침표가 지시하는 의미를 살펴보는 일이다. 이 문장부호들은 말없는 기호인데 중요한 의미를 내포하는 기호로써 작용하고 있다. 산 정상이 돌로 이루어진 세계와 우듬지라는 식물세계는 콤마(,)로 분리되어 있고, 움직임은 보이지만 울지 않는 새들의 동물세계는 세미콜론(;)으로, 안식을 기대하는 인간의 세계와는 마침표로 구분되어 있다. 이로 인해 자연세계의 연결고리에서 두드러진 대조가 나타나면서 돌의 세계에서 식물세계로, 나아가 동물세계로의 연속성을 중단시킨다.

세 영역의 구분은 구두법 마침표로 종결되는데, 이 마침표
는 강화된 휴지라는 원칙을 따르고 있다. 위에서 언급한 것처
럼 마침표라는 문장부호는 이어지는 다음 행과의 연관성을
방해하는 기능을 하는 동시에, 순간적 불연속성으로 인해 시
간의 여백을 만들어낸다. 이때 중요한 것은 시가 표현하는 메
시지의 핵심을 말없는 문장부호가 은밀하게 그리고 동시에
공공연하게 전달하고 있다는 것이다.

"기다려라 단지!"라는 어법은 느낌표로 인해 매우 위협적으
로 다가오는데, 왜냐하면 느낌표가 주는 강세의 충격이 비켜
나면서 갑작스런 불연속성의 느낌을 더욱 두드러지게 하기
때문이다. '단지', '머지않아'라는 음절을 강조하는 시적 구성
은 기다려야 하는 주체를 핵심 주제로 삼고 있음을 표현하기
위해서이다. 자연세계의 관찰자는 자연세계에서 떨어져 나온
대가로 자연세계 전체를 의식하고 관찰한다. 안식의 세계, 자
연세계로부터 추방된 인간의 원죄는 상찰의 능력으로 보상받
는다. 따라서 안식이 깃든 자연세계로부터 추방된 인간의 숙
명은 세계를 열린 태도로 성찰하는 능력으로 보상되며 이는
동전의 양면, 즉 인간의 삶의 양면성이다. 따라서 이 시는 우
리의 삶이 철학적·인류학적 사고의 경험으로 충만할 것인지
보잘 것 없을는지의 문제를 우리에게 맡기고 있다. 산 정상에
선 나그네가 이 세계를 통찰하는 일은 낙원상실의 감정을 대

가로 해서만 가능한 듯 보이며 자신의 죽음에 대한 이해를 통해 조건 지어진다. 이것이 멜랑콜리와 슬픔의 계기일 수 있다. 죽음으로 숙명 지어진 나그네의 실존적 시간성은 그러나 동시에 산봉우리에서 시적으로 공간화 된 세계의 장면을 이렇게 매력적으로 나타나도록 하는 일을 가능하게 만든다.

5. 로마의 비가 – 관능의 미학

19세기 초 로마의 전경

I

말해 다오, 돌들이여, 말을 걸어 다오, 너희 드높은
궁전들이여!
   거리여, 한마디라도 해다오! 수호신이여, 그대 움직이지 않는가?

그렇다, 그대의 신성한 성벽 안에는 모든 것에 혼이
깃들어 있건만
  영원한 로마여, 나에게만은 모두가 아직 말이 없구나.
오 누가 나에게 속삭이는가, 어느 창문에서 찾아낼 것인가
  언젠가 나를 불길로 휘감으며 일깨워 줄 아리따운 사람을?
아직 나는 그 길을 예감하지 못한단 말인가, 언제나 언제나
  그녀에게로 가고 그녀에게서 오며, 멋진 시간을 바칠
  그 길을?
아직도 나는 교회며 궁전, 폐허며 기둥들을 바라본다.
  사려 깊은 남자가 여행의 기회를 능숙하게 이용하듯.
하지만 머지않아 지나갈 것이다. 그러면 작은 사원
하나만 남으리,
  축성 받은 사람을 맞이해 주는 사원, 아모르의 사원만
  남으리.
그대 하나의 세계이기는 하나, 오 로마여, 하지만 사랑
없이는
  세계는 세계가 아니리, 로마 또한 로마가 아니리.

II

존경하라. 누구든 그대들이 원하는 이를! 이제 나는
드디어 숨었다!
  아름다운 숙녀들 그리고 그대들, 보다 세련된 세계의
  신사들이여

물어들 보시라 숙부며 조카에 대해, 늙은 외숙모
친숙모들에 대해
　세련된 대화를 하고 슬픈 연극도 보시라.
그대들 나머지들도, 크고 작은 무리를 지어 나에게서
떠나가라
　자주 나를 절망 가까이로 몰아갔던 그대들.
정치적이고 목적도 없이, 무슨 의견이든 반복하시라
　노엽게도 온 유럽 너머 나그네를 쫓아다니며 괴롭히는
　의견들을.
한때 「말버러」라는 노래가 여행하는 영국인을
쫓아다녔듯이.
　파리에서 리보른으로, 리보른에서 로마로
내처 아래쪽 나폴리로, 스미르나로 배를 타고 가더라도
　거기서도 말버러!가 그를 맞았단다, 항구에서 말버러!
그 노래가.
　나 역시 지금껏 한 걸음 한 걸음 떼어 놓을 때마다
들어야 했다
　백성들이 욕하는 소리, 국왕 고문을 욕하는 소리를.
이제는 너희 나를 그리 빨리는 찾아내지 못할 거다,
내 피난처에서는
　아모르 군주가 왕의 비호를 베풀며 마련해 준
　피난처에서는.
여기서는 아모르가 그 날개로 나를 가려 준다,
사랑하는 여인은

생각이 로마식, 노한 갈리아인 따위는 두려워하지 않는다.
그녀는 새로운 얘깃거리를 알려고 하지 않는다,
조심스럽게
　엿볼 뿐, 자기 것이 된 남자의 소망이 무언지 엿볼 뿐
그녀는 그에게서, 자유롭고 건강한 이방인에게서
즐거움을 느낀다
　산이며 눈(雪), 목조 가옥에 대해 이야기를 들려주는
　이방인.
자신이 그의 가슴에 불붙여 높은 불꽃을 나누며
　그가 로마인들처럼 황금에 마음 두지 않은 것에 기뻐한다.
이제 그녀 식탁을 더 잘 차려 놓았네. 옷이 없지
　않지, 그녀를 오페라로 데려갈 마차도 없지 않지.
어머니와 딸이 북쪽에서 온 손님을 즐거워하며 맞네
　야만인이 이윽고 로마의 젖가슴과 몸을 지배하네.

V
이세 고전의 땅에서 기쁜 감격을 느낀다.
　옛 세계와 오늘의 세계가 더 크게 더 매력적으로 말
　걸어온다.
여기서 나는 충고에 따라 고대인들의 작품을 넘긴다
　바쁜 손길로, 날마다 새롭게 즐기며.
하지만 밤이면 날이 새도록 아모르가 다른 일에 나를
열중시키니
　절반만 배워도 나는 갑절로 즐겁다.

또한 나 스스로 배우지 않는가, 사랑스러운 젖가슴의
　형태를 엿보면서, 손으로 허리를 쓸어내리면서?
그러면서 대리석을 비로소 제대로 이해하게 되니,
생각하며 비교한다
　눈으로 느끼며 바라보고, 바라보는 손으로 만져본다
사랑하는 여인은 내게서 낮의 몇 시간을 빼앗아 간다
하여도
　그 보상으로 밤의 시간들을 나에게 내준다.
그렇다고 늘 키스만 하는 건 아니고, 분별 있는
이야기도 나누는데
　잠이 그녀를 엄습하면, 나는 누워 많은 생각을 한다.
자주 나는 그녀의 품 안에서도 시를 지었다,
　나직이 손가락으로 6각운 운율 수를 헤아렸다
그녀 등을 토닥이며, 그녀는 편안한 잠에 빠져 숨
새근거리고
　그녀 숨결은 내 가슴속 가장 깊은 곳까지 속속들이 달군다.
아모르가 그사이 등불을 돋우고 그 시절을 생각한다
　세 사람의 시인들에게 같은 봉사를 했던 그 시절을.

　1795년 문예잡지 호렌(계절의 여신이라는 뜻) 지에 처음으로 실
린 로마의 비가로 인한 스캔들은 육체적 사랑의 개방적 표현
에 대한 놀라움 때문이라 할 수 있다. 슈타인 부인조차도 이
비가에 대해 의미를 찾을 수 없다고 말하는가 하면, 헤르더

또한 이 잡지의 발행 중단을 언급할 만큼 부정적이었다. 괴테와 크리스티안네 불피우스-그녀는 후일 괴테와 결혼하게 되는데-와의 에로틱한 관계 또한 바이마르 궁정사회의 불쾌감의 이유가 된다. 호렌지의 발행인이었고, 괴테와 10년의 공동 작업으로 독일 고전주의 문학시대를 꽃피웠던 쉴러의 변호에도 불구하고 비가에 대한 편견 없는 수용은 이루어지지 못했다. 그러나 「로마의 비가」에 대한 혹평과 바이마르 궁정사회의 불쾌감은 이 작품을 작가의 전기적 사실과 연관 지어 읽으려는 태도 때문이라 할 수 있다. 따라서 텍스트의 우의적 현실성은 시는 삶의 반영이라는 관점에 의해 무시되었다. 독자는 다시 말해 허구의 방식으로, 시적으로 자신을 진술하는 인물과 작가를 동일시하는 독서 방식으로부터 벗어나지 못하였다. 이러한 읽기 방식의 오류는 비단 당시에 국한된 것은 아니며 최근의 연구에서조차 되풀이되고 있다. 예컨대 고대 신화에 대한 로마에서의 기억이라는 등의 해석이다. 생생하게 눈앞에 드러내 보이는 서정적 말하기의 특징으로 인해 시의 서정적 화자와 괴테는 동일하다는 느낌을 불러일으킨다. 또한 관습에 젖은 독자들에게 당시의 시대 상황에 미루어 충격적이라 할 수 있는 말하기 방식으로 남녀 간 사랑의 관계를 표현하고 있기 때문이다. 그렇다고 이 시가 어떤 특정한 인물과의 사랑을 표현하고 있다고 볼 수는 없다. 최근 이 시에 대한 해석은 에로틱한 것, 육체적, 관능적 가치를 문학적 혁신으로서 해석하려는 성과로 이어지고 있다. 다시 말해 시민계급의 격정, 관능성에 대한 가치부여의 시노이나.

관능적인, 그리고 에로틱한 것에 대한 새로운 가치평가는 그 자체를 위한 것이 아니라 이 시에 대한 본질적이며 새로운 이해를 목표로 한다. 그렇다면 미학적 강령이라는 관점에서 관능성에 하나의 체계적 기능이 부여된다 할 수 있다. 미학적 강령은 시의 전기적 배경을 개괄하는 작업 없이는 설명하기 어려우나, 그렇다고 시를 전기적 해석의 범주로 되돌리기 위한 것은 아니다. 시의 배경이 되는 로마는 이태리 여행에서 중요한 장소이다. 도피라고 해석되는 괴테의 이태리 여행은 점차 소원해지는 슈타인 부인과의 관계, 바이마르에서 공적 업무의 과중, 궁정사회 개혁의 정치적 좌절이 배경이라 할 수 있다. 그러나 무엇보다 예술가로서 정체성의 위기가 가장 큰 이유였다. 이태리는 바이마르 궁정사회에서의 괴로움을 보상해줄 장소이다. 고대, 르네상스 예술은 예술의 모범으로 잘 알려져 있었다. 로마를 배경으로 하는 이 시를 그렇다고 여행에 대한 전기적 성격의 시적 기록물로 보아서는 안 된다. 이 시는 오히려 자신과의 소통을 위한 시적 매개물이며 상황에 대한 성찰과 자기 확인의 결과물이다. 다시 말해 비가는 여행을 기록하는 것이 아니라 여행 후 예술가로서의 자기 정체성과 연관된 총체적 체험을 구성하고 있다.

여행에서 돌아와 경험적 사실에 입각해 회고하는 글쓰기 방식과는 대조적으로, 근본적으로 눈앞에 생생하게 그려내는 표현이 첫 번째 비가에서 나타나는데, 이것이 순환시로 규정되는 비가의 특징이다. 로마에서의 체험은 여행 후 성찰의 방식으로 가공되지만, 시에서는 현재의 순간으로 상상되고, 지금 로마에서 체험하는 주체의 기대, 소망, 관념, 사고, 행위를 표현한다. 이 순간은 예감된 미래로 나아가는데, 미래란 화자의 입장에서는 과거이지만 시에서는 아직 다가오지 않은 시간이다.

로마시대 비가 시인의 경우와 같이 첫 번째 비가는 말 걸기로 시작된다. 사랑하는 여인을 향한 말 걸기가 아니라 수신자는 돌, 궁전, 성벽, 수호신으로 다양하게 나타난다. 이제 막 로마에 도착한 여행자의 들뜬 기대는-아마도 이 여행자는 교양을 갖추기 위한 시민계급이라 할 수 있는데, 괴테의 경우 또한 그러하다-돌, 궁전, 거리, 수호신이라는 대상에 대한 간청과 질문으로 이어진다.

3~4행으로 구성된 2행시는 로마 건축물의 말하기 능력을 설명하고 있다. 수신자는 다시 바뀌거나 더 분명해진다. 다시 말해 로마라는 도시 자체가 수신자가 된다. 역사, 신화, 예술, 종교의 도시 로마는 한편으로 교양을 갖추려는 시민계급의 동경의 장소이지만 '신성한 성벽', '영원한 로마'라는 표현은 관습적 차원을 넘어선다. 다시 말해 로마의 역사와 예술, 건축은 과거의 시간에 머물지 않고 신성하고 영원한 영역으로 이전된다.

세 번째 2행시(5~6행)에서 소통의 문제가 제기된다. 이제 막 시작된 로마에서의 여행자의 체험에서 타자와의 소통에 대한 기대가 '오 누가 나에게 속삭이는가, 어느 창문에서 찾아낼 것인가/ 언젠가 나를 불길로 휘감으며 일깨워 줄 아름다운 그 사람은?'-표현되는데 이는 만남을 기대하는 여성을 지칭한다. 그녀가 살고 있는 공간의 창문은 그녀의 모습을 보게 될 장소 이며 그녀에게로 이끌어 줄 거리와 골목은 사랑과 연인이 로 마라는 도시와 연관되어 있음을 지시하고 있다.

상반되는 위에서의 두 가지 기대는-로마의 돌, 궁전, 성벽 과의 소통, 그리고 사랑을 하게 될 여인과의 만남에 대한-이 후 세 번째 기대로 이어지는데 미래에 기대 가능한 시간의 연 속선상에서 표현된다. 영혼이 깃든 로마에 던지는 질문과 간 청은 관찰자의 입장에서 표현되는 수동적이고 관조적인 태도 인 반면, '하지만 머지않아 지나갈 것이다. 그러면 작은 사원 하나만 남으니'라는 서정적 자아의 진술은 자의식에 충만해 미래를 확신하는 기대감의 표현이라 할 수 있다. '축성 받은 사람을 맞이해 주는 사원, 아모르의 사원만 남으리'는 이 사 원의 사제로 선택된 자의 단 하나의 목표임을 예감하게 한다.

첫 번째 비가의 마지막 2행시 '그대 하나의 세계이기는 하나, 오 로마여, 하지만 사랑 없이는 세계는 세계가 아니며, 로마 또 한 로마가 아니리'를 살펴보자. 영혼이 깃든 건축물, 역사, 신화, 예술과 종교의 도시로서 로마는 이것만으로는 충분하지 않은 것 으로 특징지어진다. 사랑만이 이 로마를 본래적 실존에 이르게 한다. 만일 Roma를 반대방향에서 읽는다면 Amor가 되는데 이때 로마와 아모르는 선험적 동일성의 관점에서 하나가 된다.

두 번째 비가의 첫 행 '나는 드디어 숨었다'는 도피의 모티브를 표현한다. 두 번째 비가의 중반까지 바이마르 궁정사회에 대한 논리적 반박과 조소가 이어진다. '세련된 세계의 신사숙녀들', '슬픈 연극도 보시라', '나를 절망 가까이로 몰아갔던 그대는', '정치적이고 목적도 없이, 무슨 의견이든 반복하시라'는 궁정사회의 공허함과 겉치레에 대한 표현이다.

8행에서 비난의 범위가 확장된다. 말버러 장군을 조롱하는 프랑스인들의 노래처럼 베르테르의 작가인 자신도 독자들의 오해로부터 도망친다. 왜냐하면 독자들은 베르테르라는 주인공의 허구적 성격을 인식하지 못한 채 소설의 이야기가 실제 일어났던 사실에서 출발하고 있다는 오해를 하기 때문이다. 이러한 독자들의 태도는 한편 그에게 명성을 가져다주었지만 다른 한편, 자신의 의도와는 다른 영향을 미쳤기 때문이다. 따라서 괴테는 이 시에서 독자들의 오해를 불러일으킬 수 있는 전기적 사실과 일의성을 피하려한다. 이러한 시도로 인해 전기적 사실과 일의적 성격이 일반화되고 감추어져 서정적 자아가 괴테와 동일시되는 일은 피할 수 있었으나 그럼에도 불구하고 괴테 자신의 경험과 시의 내용이 연관되어 있다는 이해로부터 완전히 벗어날 수는 없었다. 이미 역사화 된 베르테르 명성과, 사회정치적으로 그리고 사랑의 문제에 편협한 바이마르의 분위기는 이태리로의 도피에 대한 이중의 동기이다.

　15행에서 서정적 자아는 누구도 찾기 어려운 쎄닌쳐를 발견한다. 아모르의 군주가 마련해 준, 그의 날개가 가려주는 피난처는 사랑의 피난처이다. 사랑하는 여인은 시민사회의 여론에 전혀 관계하지 않으며 노한 갈리아 인이 상징하는 혁명의 시대에 관심 또한 없다. 사랑의 피난처는 단지 사랑하는 두 사람의 자율적이며 외부와 분리되어 있는 세계이다. 사랑하는 여인은 오직 자신의 남자가 된 자에게 헌신한다. 오늘의 관점에서 보면 여성에 대한 남성의 가부장적 입장을 나타내는 것이라 할 수 있는데, 더욱이 잘 차려진 식탁, 옷, 오페라에 갈 마차는 남성과 여성의 물질적 관계에 대해 꾸밈없고 편견 없이 언급하고 있다는 점에서 괴테 시대의 기준으로는 엄청난 도발이라 할 수 있다.

　그녀의 관심은 낯선 이방인에게만 있고, 그가 들려주는 산과 눈, 그리고 목조가옥에 대한 것이다. 이 두 연인은 그러나 상호 동등한 관계를 보인다. 그녀는 그의 가슴에 사랑의 불을 지피고 사랑을 나눈다. 그러나 앞서 언급한 대로 이들의 사랑은 물질적 조건에 종속되어 있다. '야만인이 이윽고 로마의 젖가슴과 몸을 지배하네'라는 마지막 행은 고대 문명의 차이를 반전시키는 의미로 읽을 수 있다. 고상한 로마인과 마주하는 이전의 야만인, 수염 기른 게르만인은 이제 물질적이고 문화적 측면에서 이전의 지배자인 로마를 다스리는 자이다.

그는 그녀의 마음을 얻었고, 그녀의 육체 또한 그에게 속하게 된다. 여기서 역사적 의미를 갖는 민족의 이름은 단순한 시적 유희가 아니라 사랑의 도피처가 함유하는 의도적 시간성으로부터의 해방을 지시한다. 다시 말해 역사적 사실에 근거하는 역사적 의미를 시간성에서 자유로운 시의 세계에서 표현함으로써, 특정한 시대에 국한된 역사적 의미를 보편화시키고자하는 의도이다. 이로서 정치적으로 현실감 있는 문제들은 모습을 감추게 되고 중요하지 않은 것이 된다.

다섯 번째 비가는 예술가의 정체성을 새롭게 정의해보려는 시도라 할 수 있다. 여기서 사랑과 고대예술은 미적으로 생산적 관계에 놓이게 된다. 로마는 더 이상 단지 교양시민계급의 여행지가 아니다. 고전의 땅에서 여행자는 기쁜 감격을 느끼며, 옛 세계는 오늘의 세계와 대화를 나눈다. 그는 단순히 역사적이며 미적인 메시지를 받아들이는 자가 아니다. 고대 예술자품에 몰두하는 행위는 4행 '날마다 새롭게 즐기며'에서 긍정적으로 표현되고 있다. 그러나 5행, '밤이면 날이 새도록 아모르가 다른 일에 나를 열중하게 하니'는 미학과 예술에 대한 작업이 또 다른 일, 즉 사랑과 동등한 중요성을 갖는다는 것을 의미한다. '절반만 배워도 갑절로 즐겁고', '나 스스로 배우기에'라는 의미는 고전 예술과 사랑의 행위는 상호 연결되어 있으며, 생산적으로 서로를 풍요롭게 하는 연관관계에 놓이게 된다는 것이다. 다시 말해 고전예술의 이해는 사랑의 행위에서 확인되고, 사랑은 고전예술의 이해를 위한 행위이다. 따라서 7행, '사랑스런 젖가슴의 형태를 넛모며, 손으로 허리를 쓸어내리는' 행위에서 여인의 육체는 미적 모범이 된다. 예술적 시선에서 관능적이며 촉각적인 매력은 서로 연결되어 있다. 관능이 지시하는 가르침은 9행, '그러면서 대리석을 비로소 제대로 이해하게 되니, 생각하며, 비교한다'에서 확실해진다. 여인이 일깨우는 관능적 인상은 고대 예술작품의 미적 경험과 비교되어 가르침을 준다.

10행, '느끼는 눈으로 바라보고, 바라보는 손으로 만져본다'는 이중의 공감각을 표현한다. 여인의 몸에서 고전적 이상을 관능적으로 통찰하고 느끼며, 다정한 대화를 나누지만 '늘 키스만 하는 것은 아니며, 분별 있는 이야기도 한다' 고대 예술과의 접촉은 동시에 사랑에 가득 찬 감각적이고 생생한 통찰로 이어져 습득한 미학을 생산적으로 응용하는 행위로 이어진다. 그는 이제 그녀가 잠들면 '그녀의 품 안에서도 시를 지었다' 고전적인 것을 통찰하게 하는 에로틱한 체험과 관능은 예술창작으로 이어진다. 이때 만들어지는 시는 고대예술의 형식으로 탄생하는 사랑의 체험 시, 즉 비가인 것이다.

다섯째 비가는 시 창작에 머무르지 않고 나아가 시 쓰는 주체가 받아들이는 전통을 성찰한다. 마지막 행, '아모르가 세 사람의 시인들에게 봉사했던 그 시절의' 이태리, 로마는 개인적, 예술적 이유로 실망하고 있던 괴테에게 새로운 미적 경험을 제공한다. 다시 말해 여행 전 지지부진하던 중요한 작품들을-이피게니에, 타소, 빌헬름 마이스터의 수업시대-완성하는 계기가 된다. 비가는 미적경험, 역사적 교양, 에로틱한 체험이 하나 되는 새로운 지평을 제공한다. 이를 한 마디로 요약한다면 고대 예술에 대한 표상과 괴테 자신의 관능적 경험이 공약수를 갖게 된다는 것이다. 솔직함, 구김 없는 소박함, 현재의 행복, 감각의 즐거움, 정신의 즐거움, 예술적 만족, 향락적 쾌활함이 특징적이다. 괴테의 시대가 수용하기에는 어려웠던 새로운 미학은 예술과 관능성의 만남이라 할 수 있으나 또한 시민 계급의 삶과 연관된 주제들이 예술의 영역에 수용되기 어려운 결과를 초래하게 된다.

6. 식물의 변형 − 존재의 개시, 주체와 객체의 소통

괴테의 정원

그대를 어지럽게 하지, 사랑하는 이여, 정원 너머 사방에
　이 꽃무리 수천 겹으로 뒤섞임이.
많은 이름들에 그대 귀 기울이지만, 귓속에선 언제나
　한 이름이, 학명이 야만적 울림으로 다른 이름을 억눌러
　버린다.
모든 모습들이 비슷하건만 그 어느 것도 다른 것과
같지는 않다.
　그렇게 그 합창은 비밀스러운 법칙을,
신성한 수수께끼를 암시한다. 오 내가 그대에게, 친구여
　딱 맞는 답을 금방 줄 수 있으면 얼마나 좋으랴!
그 이루어지고 있는 모습 이제 관찰하라, 어떻게 식물이
차츰차츰
　단계적으로 이끌어져, 꽃이 피고 열매 맺는지.
씨앗에서 나와 발전한다, 대지의 수태시키는 고요한 자궁이
　씨를 아리땁게 삶 속으로 내놓아 주자마자
빛의, 영원히 유동하는 성스러운 빛의 자극에
　싹트는 이파리들의 가장 여린 구조를 내맡기자마자.
씨앗 속에는 힘이 잠자고 있었던 것, 시작하는 본보기
하나가
　꽉 닫겨서, 껍질 밑에 휘어져 들어 있었다.
이파리와 뿌리와 싹은, 절반의 모습만 갖춘 채 색깔 없이,
　씨앗은 그렇게 건조하게, 고요한 생명을 간직하고 있다.
위로 위로 치닫으며 솟구친다, 온화한 습기에다 몸을
맡기며

그러다 에워싼 어둠에서 곧바로 벗어나 몸을 일으킨다.
하지만 그 첫 현상의 모습은 매양 단순하다.
　그렇게 식물 가운데서도 어린이 표시가 난다.
그 뒤를 따르는 어린 싹 하나, 몸 일으키며, 모습 새로워져,
　마디에 마디가 늘어나지만, 여전히 첫 모습이기에.
늘 똑같은 건 아니어도, 다양하게 생성되기에,
　모습이 만들어져, 보이지, 늘 따라오는 잎은
좀 더 늘어나고, 파이고, 갈라지지, 뾰족한 끝과 나뉜
부분들로
　전에는 아래쪽 조직 속에 뒤엉켜 있던 것들인데.
그리하여 그렇게 처음으로 아주 뚜렷한 완성에 이른다.
　어떤 종(種)에서는 그대를 놀라움으로 뒤흔드는 완성에.
많이 골 지고 삐죽삐죽하게, 도톰하게 팽팽한 평면 위에서
　어린 싹의 충만함은 자유롭고 무한해 보인다.
하지만 여기서 자연이, 힘찬 두 손으로, 형성을
　억제시키며 부드럽게 한층 더 높은 완성으로 이끌어 간다.
보다 절도 있게 수액을 유도하여, 맥관(脈管)들을 팽팽히
채워준다.
　그러면 형태는 즉시 보다 사랑스러운 작용을 드러내 보인다.
뻗어 나가는 가장자리의 어린 싹은 가만히 뒤로 물러나고
　꽃줄기의 뼈대는 보다 완벽하게 모습 이루어진다.
하지만 이파리 없는 한결 연한 잎자루는 빠르게 몸을
일으키고
　그러면 놀라운 형상 하나가 바라보는 사람의 마음을 끈다.

사방에서 원을 이루며 이제 세워진다, 헤아려져 있기도 하고
　무수하기도 한 좀 더 작은 잎들이 비슷한 것과 나란히 돈다.
축을 에워싸고 밀집되어, 감싸 주는 꽃받침이 갈라지고,
　거기서 색색깔 꽃부리가 나와 최고의 형태가 된다.
그러니까 드높은, 충만한 현상 속에서 자연이 과시되는 것
　차례차례, 마디마디 단계 지어, 보여 주는 것.
그대는 늘 새롭게 놀란다, 잎자루에서 꽃 솟아
　나날이 달라지는 잎들의 날씬한 얼개에서 솟은 채 흔들릴 때마다.
한데 이 찬연함은 바로 새로운 창조의 예고,
　그렇다, 색색깔 잎들은 신의 손길이 닿았음을 느끼는 것
하여 얼른 오므려진다, 오므려졌다가는 이 가장
사랑스러운 형태들,
　갑절의 힘으로 펼쳐지려 한다, 서로 결합하도록 정해졌기에,
이제 다정하게 서 있다, 아름다운 쌍쌍, 함께
　성스러운 제단을 에워싸고 무수히 가지런히 서 있다.
히멘이 둥둥 떠 다가온다, 그러면서 찬란한 향기, 강렬하게,
　감미로운 냄새 쏟아낸다, 모든 것에 생명 불어넣으며 이리저리.
금방 하나씩 무수한 싹들이 부풀어 오른다,
　부풀어 오른 열매들의 자궁 안에 아름답게 감싸여.
여기서 자연은 영원한 힘의 고리를 마무리하지만

새로운 고리는 즉시 앞서 있는 고리를 감싸 안는다,
사슬이 계속 모든 시대를 지나며 늘어나도록
　전체가, 또 하나하나가 모두 살아 있도록.
자아, 아 사랑이여, 눈길을 어지러운 색색깔 무더기로
돌려라,
　이 꽃무더기 더는 정신 앞에서 어지러이 흔들리지 않으니.
모든 식물이 그대에게 이제 영원한 법칙을 알려 준다
　꽃 한 송이 송이마다 점점 크게 더 크게 그대와 이야기
　나눈다.
그대는 여기서 여신의 성스러운 문자들을 해독한다.
　그러면 사방에서 문자들이 보인다, 다른 모습을 하고 있더라도
꿈틀꿈틀 애벌레는 기어가고, 바삐 나비는 서둘러라,
　유연하게 제 모습 빚어 가며 인간도 고정된 모습을
　스스로 바꾸기를.
오, 또한 생각하라, 친분이라는 씨앗으로부터
　우리들 가운데서도 차츰차츰 아름다운 습관이 싹텄던 것도
우정이 우리들의 내면으로부터 힘 있게 모습 드러내며
나왔고
　아모르가 마침내 활짝 핀 꽃과 열매를 낳아 주었던 것도
생각하라, 금방 이런 모습, 또 금방 저런 모습을 얼마나
다양하게
　조용히, 활짝 펼치며 자연이 우리들의 감정에 빌려
　주었던가도!
또한 오늘 하루를 기뻐하라! 성스러운 사랑은

같은 생각이라는, 사물들에 대한 같은 견해라는
최고의 열매를 지향한다. 조화로운 관조 가운데서
한 쌍이 결합되도록, 보다 높은 세계를 찾아내도록.

이 시는 1798년 6월 17, 18일 쓰여진 것으로 괴테의 일기에
기록되어 있다. 같은 해 6월 말 괴테는 로마의 시인이며 철학
자 Lucrez의 교훈시(만물의 본성에 대하여) 번역작업을 하고 있던
크네벨에게 이 시를 보내 자신의 시와 Lucrez의 시를 비교해
볼 것을 권유한다. 물론 괴테는 Lucrez나 고대 교훈시의 일반
적 특징인 6운각의 운율이 아닌 비가의 2행시 형식을 사용하
고 있다. 괴테가 이 시를 1817년, 1790년 완성한 '식물의 변형
에 대한 설명시도'라는 논문과 함께 발행하고 있다는 점은 주
목할 만하다. 비가의 형식인 2행시를 선택한 것은 시 제목에
서 드러나듯 식물세계의 사태에 대한 설명이 시에 등장하는
두 연인의 구체적 대화에 삽입되어 있다는데 근거한다. 첫 행
부터 8행, 그리고 마지막 부분인 63행에서 80행은 화자가 그
의 연인에게 건네는 말로 구성된다. 9행부터 62행까지의 중간
부분은 식물의 변형에 대한 내용이다. 이로써 시에서 다루어
질 문제영역이 정해지는 동시에 시의 구조가 완성된다.

문제의 핵심은 사랑하는 여인의 질문으로 나타난다. 첫 행
에서 그녀는 정원의 다양한 꽃들로 인해 혼란스러워하는데,
왜냐하면 이 꽃들이 서로 닮기는 했으나 같지 않기 때문이다.

그녀는 다양한 꽃들에서 찾을 수 있는 그 어떤 통일성에 대해 묻는다. 이에 대한 화자의 설명과 식물에 대한 언급은 그녀의 궁금함에 대한 답변이다. 이렇게 이 시는 질문과 대답, 또는 시 7, 8행에서 표현되듯 '수수께끼'와 '이를 해결해주는 말'의 구조로 이루어진다. 또한 주목할 점은 대부분의 수수께끼의 경우처럼 제기된 질문에 대한 대답에는 질문보다 더 많은 의미가 들어있으며, 이로서 처음 제기된 질문의 지평이 확장된다. 이러한 지평의 확장은 마지막 부분, 즉 67행 '그대는 여기서 여신의 성스러운 문자들을 해독한다'에서 암시되고 있다. 다음 행 '그러면 사방에서 문자들이 보인다, 다른 모습을 하고 있더라도'는 이제 시선이 정원의 꽃으로부터 더 넓은 영역으로, 다시 말해 마지막 행 '보다 높은 세계'로 향한다는 것을 의미한다.

연인의 질문은 구체적 경험에 근거한다. 그녀는 2행 '수천 겹으로 뒤섞인 꽃무리'에 혼란스러워한다. 화자와 연인의 대화상황 또한 구체적이다. 그러나 연인의 구체적이고 개인적인 경험과 질문은 곧 일반화된다. 5행 '모든 모습들이 비슷하건만 그 어느 것도 다른 것과 같지는 않다'는 비슷하지만 상이한 것의 상호 놀이에 대한 추상적 표현이다. 이 상호놀이 그리고 다양한 꽃들에 대한 구체적 경험 이면에는 법칙성이라는 개념이 자리하게 되며, 동시에 연인의 질문에 대한 답변이 된다. 이어지는 7행에서 화자는 사랑하는 연인에게 말을 거는데 이 대화에서 또한 일반화 하려는 태도를 감지할 수 있다. 화자는 개별 식물을 자세히 관찰하고 있다. 그러나 식물세계 대한 설명이 끝나가는 59행 '영원한 힘의 고리', 61행 '고리', 62행 '전체'라는 표현은 일반화의 경향을 새롭게 보여준다. 65행 '모든 식물이 그대에게 이제 영원한 법칙을 알려준다'는 법칙성의 개념을 다시 강조한다. 시 끝부분에서 또한 개별 식물에서 인식된 것은 계속해서 일반화 되고 있다. 다시 말해 이 부분에서 일반적 진술은 새롭게 구체화되고 있는데 왜냐하면 마지막 행의 '한 쌍'은 구체적으로 화자와 연인이기 때문이다. 따라서 이 시에서 수수께끼와 대답이라는 구조는 구체화와 일반화의 상호유희와 밀접하게 연관되어 있다.

9~62행까지 제법 긴, 시 중간 부분은 연인에게 식물을 관찰하라는 요구로 시작된다. 9, 10행, '그 이루어지고 있는 모습을 이제 관찰하라, 어떻게 식물이 차츰차츰/ 단계적으로 이끌어져, 꽃이 피고 열매 맺는지'는 시 중간 부분이 어떻게 진행될지, 그리고 제목이 시사하는 시의 내용이 어떠할 것인지를 미리 지시하고 있다. 단지 식물이 특별한 모습을 하고 있다는 사실보다 오히려 단계별 성장이 묘사될 것이라는 점이 중요하다. 이 생성과정은 시 중간 부분에서 표현하고 있듯이 씨앗에서 싹으로, 마디가 줄기가 되어, 꽃과 열매로 진행되는 영원한 생성의 과정을 상징하는 힘의 고리로 완결된다. 괴테는 1790년 출간된 '식물의 변형에 대한 설명 시도'라는 글에

서 이 과정을 세부적으로 기술하고 있다. 다시 말해 이 글의 개별 단락은 시의 각 단락에서 행해지는 식물에 대한 표현과 일치한다. 따라서 이 논문은 시에서 표현되는 식물세계의 사태에 대한 설명서라 할 수 있다.

괴테의 첫 번째 자연과학 저술인 이 글은 바이마르 이주시기에 시작되어 이태리 여행 시기 그리고 뒤이은 수년간의 결과물이다. 이태리 여행에서 식물학은 괴테의 자연과학 연구의 중심에 자리하고 있는데 가장 중요한 문제는 다양성에서 인식되는 통일성의 문제이다. 괴테는 이 문제에 대한 답으로 원형식물 개념을 도입하게 된다. 원형 식물은 모델 또는 표상이라 할 수 있는데, 1787년 5월 17일 괴테는 이에 관해 다음과 같이 진술하고 있다. "원형식물은 세상에서 가장 경탄할만한 창조물이다. 이를 발견한 나를 자연조차도 부러워 할 것이다. 이 모델을 갖게 되고, 이 모델에 다가갈 수 있는 열쇠를 갖게 됨으로 우리는 무한에 이르기까지 식물들을 창안해낼 수 있으며 이들은 수미일관한 성격의 것이어야 한다. 다시 말해 설령 이 식물들이 존재하지 않는다 하더라도 존재할 가능성은 있으며, 회화나 시적 그림자 또는 가상이 아니라 내적 진실성과 필연성을 갖고 있다. 이로서 원형식물이라는 관념은 하나의 이념의 성격을 갖게 된다. 원형식물은 모든 생각 가능한 식물에 대한 해명의 열쇠이며 생식의 원칙이다. 내적 진실성과 필연성이 이 원형식물의 특성이라면 법칙성을 표현하는 것이라 할 수 있다." 여기서 괴테는 원형식물은 경험에 근거하며 이것이 경험적 사실이어야 함을 고집힌다. '식물이 변형에 대한 설명시도'에서 괴테는 개별식물의 여러 부분들을-싹에서 나오는 잎들, 마디, 줄기, 꽃, 열매-식물이 성장하면서 나타나는 변형과정의 산물로 설명한다. 나뭇잎의 변형에서 유기체로서 식물의 법칙성이 드러나고 모든 식물은 이 법칙성을 따르게 된다. 시 첫 부분에서 제기된 다양성 속의 통일성에 대한 질문은 이중의 방식으로 답변되고 있다. 개별 식물의 부분들의 다양함-싹에서 나오는 잎들, 마디, 줄기, 꽃, 열매-은 나뭇잎의 변형에서 나타나는 원칙으로 통합되며, 동시에 다양한 식물의 다양함은 변형과정의 하나로 통합된다. 이 변화의 과정은 식물 성장의 근간이 되며 개별 식물의 생성에서 인식될 수 있다.

1817년 괴테는 자연과학연구 결과물을 발행하면서 자신의 연구과정을 상세히 설명하고 있다. 여기서 주목할 점은 1790년 발표했던 "식물의 변형에 대한 설명시도"라는 글에 「식물의 변형」이라는 이 시를 첨부 하고 있다는 점이다. 괴테의 정원을 방문했던 몇몇 친구들은 그의 추상적 정원 가꾸기에 만족하지 못했는데, 괴테는 이 시가 그들의 궁금증을 해소해 줄 수 있을 것이라 기대한 듯 보인다. "식물들과 꽃들은 모습, 색, 향기로 구분되어 특징지어져야한다. 그런데 이들은 유령같은 윤곽으로 사라진다. 따라서 나는 이 비가를 통해 호의적

친구들이 관심을 갖도록 유혹하고자 한다."고 이 시를 자연과
학 글에 첨부한 이유를 설명하고 있다. 또한 "이 시는 사랑하
는 사람들에게 환영받을 것이며, 이들은 시에 나타나는 사랑
의 상들을 자신과 연관시킬 권리가 있다."고 말한다. 이 진술
은 비가 형식의 이 시가 사랑의 열정을 표현하는 시들에 편입
되거나 다른 비가들과의 맥락에서 이해되는 것보다 학문적
표현과 관련되어, 다시 말해 자연과학 결과물과 연관되어 보
다 잘 이해될 수 있음을 시사하는 것이다. 이는 18세기 계몽
주의 문학에서 새롭게 각광받기 시작했던 교훈시라는 장르와
연관성이 있다. 교훈시란 일반 대중에게 전문적 지식을 전달
하는데, 대중은 시로 가장한 문학을 통해 이 전달에 응답하게
된다.

시의 첫 부분은 전적으로 이런 경향을 보이나 그렇다고 시
중간부분을 단지 자연과학 글에서 산문으로 기술한 식물세계
의 사태를 시적으로 표현하는 것으로만 이해해서는 안 된다.
괴테는 자연과학 논문의 특징인 사실적 묘사, 학문적 용어 사
용 대신 이 시를 두 연인의 이야기 방식으로 변형시키고 있는
데, 중요한 것은 씨앗(Keim), 마디(Knoten)와 같은 학술용어를
사용하고는 있으나, 이 용어들을 수사학적으로 가공된 세계로
옮겨놓고 있다는 것이다. 이 점은 다양한 형용사를 사용하는
데서 분명해진다. 무엇보다 꾸미고 전형화하는 수식어의 사용
에서 이를 확인할 수 있다.

여기서 자연과학 글과 이 시를 비교해보자. '식물은 그 뿌리가 땅 속에 고정되면 씨앗 껍실 아래 숨겨져 있던 성장을 시작하는 최초의 기관들을 빛을 받아 위로 올라오게 한다.'는 이와 관련된 시 11~14행에서 '씨앗에서 나와 발전한다. 대지의 수태시키는 고요한 자궁이 씨를 아리땁게 삶 속으로 내놓아 주자마자/ 빛의, 영원히 유동하는 성스러운 빛의 자극에 싹트는 이파리들의 가장 여린 구조를 내맡기자마자.'로 표현되고 있다. 자연과학적 보고와 시적 표현의 차이는 단순하고 객관적이며 분명한 언어용법으로부터 독자의 윤리적 감동을 일깨우는 문체로의 이전에서 나타난다. 이때 더욱 중요한 것은 식물묘사의 차이라 할 수 있다. 전자에서 식물의 한 부분 또는 성장의 부분적 진행이 단계별로, 부분별로 설명되고 있는데 반해, 시에서는 연인에 대한 요구에 따라 개별 식물에서 성장과정을 묘사하고 있다. 이때 식물은 시간 축약의 방식에서 생성하는 것으로 나타나는데, 식물에 대한 표상은-이 관념은 괴테적 의미에서 원형식물, 전형, 모델이라 할 수 있는데-구체적인 동시에 보편적 법칙성을 드러내 보인다.

식물에 대한 이러한 표상을 환기시키기 위해 시 구성의 특징인 대화 상황이 시 중간 부분에서 식물의 묘사로 이어진다. 이 부분에서 연인은 대상을 지각하는 것에 그칠 것이 아니라 놀라워할 것을 요구받는다. 26행 '너는 보고 있지', 30행 '그대를 놀라움으로 뒤흔드는', 47행 '그대는 늘 새롭게 놀란다'

가 그 예이다. 우리의 지각행위는 일상에 묻혀 세계가 참된 모습으로 나에게 열리고, 경이로움에 대한 경탄으로 이어지지 못한다. 이 경험은 시인과 사색가에게만 허용되는 인식의 경험이며 행복이다. 연인은 이로서 새로운 인식의 주체가 된다. 시 중간부분에서 인식과정이 제시되고, 이 과정은 지각하는 주체와 지각되는 대상 사이의 밀접한 관계에서, 다시 말해 인식하는 인간과 인식되어지는 자연 사이에서 이루어진다.

구체적 자아, 즉 사랑하는 연인이 인식과정으로 통합되는 것은 자연현상 묘사의 특징인 의인화로 인해 자연을 인간의 모습으로 표현하는 것에 상응한다. 이러한 시의 특징은 15행 '씨앗 속에 잠자고 있는', 20행 '위로 치닫으며', 53행 '꽃이 될 때 암술대와 수꽃술을 아름다운 쌍'으로 명명하는 부분에서 드러난다. 자연이 인간화되는 이러한 특징은 신화적 영역으로 상승되는데, 암술대와 수꽃술의 경우 결혼의 신 히멘이 등장하며, 자연 자체가 여신으로 불리운다. 자연의 의미를 확장하는 것은 수사적 치장만이 아니며, 지각하는 주체가 자연현상을 관찰하면서 획득하는 인식은 개별현상에서 드러나는 변형의 법칙성을 지시한다.

시 중간부분 마지막에서 괴테는 식물세계에서 일어나는 일을 일반화하기 위해 종교적 용어를 사용하며, 이때 개별 자연현상에 언어능력을 부여한다. 65~66행 '모든 식물이 그대에게 이제 영원한 법칙을 알려준다./ 꽃 한 송이 송이마다 점점 더 크게 그대와 이야기 나눈다'는 표현은 바로 자연세계와 소통의 가능성을 확인한다. 또한 67행에서 '여신의 성스런 문자'가 언급되는 것은 '자연의 책(Buch der Natur)'이라는 토포스를 수용하고 있음을 의미한다. 이러한 일반화는 연인에 대한 말 걸기로 통합되며 그녀의 지각 그리고 인식과정의 결과로 나타난다. 이 시에는 괴테의 자연에 대한 기본입장이 시적표현으로 나타나는데 무엇보다 관찰과 경험의 절대적 우위가 이에 속한다. 왜냐하면 괴테에게 인식이란 필수적으로 감각적 관찰과 연결되어 있기 때문이다. 따라서 괴테에게 법칙성이란 현대자연과학에서 통상적이듯 개별적이고 특수한 것의 본질이 규정된 일반성에 의해 사라지는 추상적 처리방식에서 획득되는 것은 아니다. 오히려 개별적이고 특수한 것에서 보편적인 것이 드러나는 정확한 관찰과정에서 획득될 수 있다. 정확히 관찰하는 과정에서 자연과 인간이 통합될 수 있다는 것이 괴테의 입장이다.

시 중간 부분에서 표현되고 있는 식물세계의 사태는 식물학의 경계를 넘어선다. 식물세계를 관찰하면서 인식된 '영원한 법칙'은 식물세계에만 적용되는 것이 아니라 오히려 삶과 연관된 모든 영역에서 보편적으로 유효하다. 68행 '그러면 사방에서 문자들이 보인다, 다른 모습을 하고 있더라도'은 식물의 변형이 다른 과정과 일에 대한 모델이 될 수 있다는 점을 지시한다. 이는 자연세계 전체에 해당되는데 69행 '애벌레, 나비'의 의미해석에 적용 가능하며, 나아가 '한 쌍'이라는 시 종결부분에서 드러나는 인간의 사태와 관계에도 해당된다. 이태리 여행 시 그의 관심은 자연, 예술, 인간사회라는 3개의 영역에 집중된다. 이태리에서의 고대 예술에 대한 경험으로 그에게는 자연과 예술의 통일성이 중심인식으로 자리 잡는다. 이때 자연은 통일성을 이루어내는 원칙으로 나타난다. 자연은 합법칙성을 제공하며 이 법칙성을 통해 다양성은 통일성을 보존한다. 이 점은 예술에도 적용가능한데 "예술작품은 인간이 만들어 낸 최고의 산물로서 진실하고 자연스런 법칙에 따라 만들어진다."고 말한다. 나아가 이는 또한 인간사회에도 적용가능하다. 인간의 공동체적 삶이란 괴테가 자연에서 인식한 법칙성을 따라야 하는 것이다. 이 법칙성의 정수는 식물에서 관찰되고 인식되는 변형의 관념이다. 따라서 "이 법칙성은 모든 기타의 생명체에 적용될 수 있다.", "변형하는 개체의 생생한 모습을 인식하는 것, 이 개체의 모습에서 드러나는, 붙잡을 수 있는 부분들을 연관성에서 파악하는 것, 이 모습을 내적 암시로 받아들이고 관찰함으로서 전체를 어느 정도 다스려야 하는 일"을 자신의 과제로 말하고 있다. 이러한 보편타당성에 대한 통찰은 지속적 인식과정에서 형성된다. 식물세계에 대한 관찰과 인식을 통해 드러나는 보편적 성격은 연인으로 하여 단지 시각적 관찰에 머무르는 것이 아니라 71행 '또한 생각하라', 75행 '생각하라'에서 표현되고 있듯이 사고와 성찰에 참여할 것을 요구함으로써 분명해진다.

화자와 연인 두 사람은 이로서 보편성의 지평에 노닐하니, 이들의 인식과정은 자기성찰, 자아인식으로 확장된다. 특히 주체와 객체의 엄격한 구분이 지양된다. 인식하는 주체는 객체에 대한 지식을 획득함과 동시에 자기 자신에 대한 통찰의 태도를 갖게 된다는 것이다. 식물세계라는 객체에서 얻어진 변형의 법칙은-싹이 트고, 자라서, 꽃 피고, 열매 맺는 자연의 순환에서-또한 주체에게도 유효한데, 이 법칙은 참되고 자연스러우며 보편타당한 것이기 때문이다. 예컨대 계절의 순환-봄, 여름, 가을, 겨울-은 생로병사라는 삶의 법칙과 무엇이 다르겠는가? 자연의 순환은 인간의 법칙이며 이를 이해하는 일은 자아를 인식하는 일에 다름 아니다. 연인은 인식과정의 주체이며, 화자는 성찰을 주도하기에 또한 주체적 존재이다. 이 성찰은 나아가 독자를 향하고 있기에 우리 또한 인식과 성찰의 주체가 된다. 두 사람은 법칙성에 대한 대화에서 자기 인식을 확인하게 되고 79행 '조화로운 관조에서' 한 쌍으로 결합된다. 따라서 식물의 변형을 노래하는 이 시는 사랑의 시가 된다. 첫 행에서 연인에게 말 걸기는 단순한 미사여구는 아니다. 이 말 걸기의 의미는 시 마지막 행 '한 쌍으로 결합되어, 보다 높은 세계를 찾아내도록'에서 온전히 이해된다. 시에서 '한 쌍'이라는 단어는 눈에 뜨이는 곳에서 사용되고 있다. 53~54행 '이제 다정하게 서 있다. 아름다운 쌍쌍, 함께/ 성스

러운 제단을 에워싸고 무수히 가지런히 서 있다.' 55행 '히멘
이 둥둥 떠 다가온다, 그러면서 찬란한 향기, 강렬하게,/ 감미
로운 냄새 쏟아낸다'가 그 예이다. 식물의 변형은 이로서 에
로틱하고 성적인 영역으로 그 의미가 확대된다. 사랑하는 한
쌍은 피어나는 꽃의 예에서 결혼의 신 히멘과 일치하고, 74행
에서 '꽃과 열매를 맺는'-이는 식물세계의 인간화에 해당하는
데-사랑의 신 아모르라 불린다. 식물세계에 대한 담론을 사랑
의 대화로 옮겨놓고 있다는 점은 자연세계와 인간세계의 사
태와 일들을 상호 교차시키는 표현이다. 이 점은 75~76행 '생
각하라, 금방 이런 모습, 또 금방 저런 모습을 얼마나 다양하
게 조용히, 활짝 펼치며 자연이 우리들의 감정에 빌려주었던
가도!'에서 명확히 드러난다. 자연세계와 인간세계를 교차시
키고 히멘과 아모르를 명명함으로 신화적 영역으로 옮겨놓는
동시에 숭고한 종교적 의미의 형용사로 표기되는 77행의 '성
스러운 사랑'은 식물세계, 자연세계, 인간세계에 해당하는 포
괄적 원칙이 된다. 또한 이 성스러운 사랑은 추상적 또는 일
반적 원칙이 아니라 '히멘', '아모르', '찬란한 향기', '꽃과 열
매', '친분이라는 씨앗', '부풀어 오른 열매들의 자궁'에서 드
러나는 지고의 구체적 경험이며 합일, 생식 그리고 결실이다.

연인에 의해 제기된 다양성에서의 통일성에 대한 질문에 대
해 어느 정도 포괄적이고 다층적 답변이 주어진 듯 보인다. 개
체로 구성된 전체에서 분리는 지양되고, 분리된 것들은 화해의

상태로 접어든다. 이때 중요한 것은 개체가 자신의 고유함을 상실하지 않은 채 상이한 것들과의 관계 맺음 그리고 화해의 가능성을 갖는다는 점이다. 이 해답은 또한 이 과정이 다양한 변화 속에서 식물의 성장, 연인의 인식과정, 한 쌍을 이루는 두 사람의 자기 인식에서 묘사됨으로 관념에 머무르는 것이 아니라 시적 형상으로 나타나 시 형식과 내용의 통일성을 이루어낸다. 이 시가 덧붙여 출판된 자연과학에 대한 글을 출판하면서 괴테는 자연과학과 시 또는 예술의 관계에 대해 다음과 같이 말하고 있다. "자연과학은 학문과 시문학이 하나가 될 수 있다는 점을 인정하지 않았으며, 학문은 시로부터 발전해왔다는 점을 잊고 있었다. 또한 자연과학은 학문과 시문학이 다시 다정하게, 상호 간 유익하게 보다 높은 차원에서 다시 만날 수 있을 것이라는 점을 고려하지 않았다." 그렇다면 '식물의 변형'에 대한 이 시는 바로 자연과학과 시문학의 만남의 시도가 아니겠는가. 우리는 식물세계를 관찰하면서 변형이라는 법칙성을 통찰하게 되고, 이 식물세계는 식물학의 지평을 넘어서는 모델이 되고, 상징성을 획득하게 된다. 다시 말해 괴테가 「격언과 성찰」에서 규정한 대로 특수한 것이 보편적인 것을 생생하게 순간적으로 드러내는 상징성을 획득한다. 이 상징성은 '한 쌍'에 적용되는데, 한 쌍은 사랑의 과정에서 변형이라는 관념의 포괄적이고 보편적 의미가 드러나는 하나의 상징이 된다. 자연과학이 보편적 법칙성을 논증하는데 비해 시는 이 법칙성을 형상화한다. 괴테에게 개별적 자연세계의 사물에서 볼 수 있는 것은 그의 문학에서 언어적으로 형상화된다. 이 방식은 역으로 적용 가능하다. 다시 말해 괴테는 시에서 그 모습이 비로소 참된 모습으로 드러나는 자연세계의 사물을 보는 것이다. 이것이 상징인데, 자연을 향하는 그의 시선은 시적 성격의 것이다. 괴테는 현대를 특징짓는 분리를 지양하고자 시도한 것이며, 이는 상과 개념, 주체와 객체, 예술과 자연의 분리를 극복하려는 노력이었다 할 수 있다. 이러한 이원적 분리는 오직 문학의 영역에서 시적 언어로 표현될 때 극복 가능하다.

7. 황홀한 그리움 – 죽음으로의 선구

아무에게도 말하지 말라, 현자라면 모를까,
뭇사람들 곧장 비웃을 테니.
나는 불꽃 죽음을 동경하며
살아가는 존재를 찬양하리라.

너를 잉태하고, 너 또한 생명을 만든
사랑의 밤이 식어가고
촛불이 조용히 타고 있을 때
알 수 없는 감정이 너를 덮친다.

페르시아 시인 하피스

어둠의 그림자 품에
너는 더 이상 갇혀 있지 않고
더 높은 짝짓기를 향한
새로운 욕구가 너를 잡아끈다.

아무리 먼 거리도 네겐 힘들지 않다.
홀린 듯이 날아와서는
빛을 갈망하여 마침내
불나비야, 너는 타버렸다.

죽어라, 그리고 되어라!
이것을 이루지 못한다면
어두운 대지 위에서
너는 한낱 서글픈 객일 뿐이다.

이 시가 실린 『서동시집(西東詩集)』은 1888년 바이마르에서 처음 출간되었다. 우리는 『서동시집』에서 서양과 동양이라는 상이한 공간이 지시하는 종교적·문화적 전통의 차이를 존중하면서 동시에 서양과 동양이 공유할 수 있는 보편적 가치를 편견 없이 수용하려는 시인의 태도를 읽을 수 있다. 좀 더 구체적으로 설명한다면 유럽의 시인 괴테가 이슬람의 종교와 문화 예술을 긍정적으로 받아들이는 동시에 이를 인류 보편적 가치 기준으로 해석하는 내용의 시집이다. 이 시에 이어

「은행잎」과 「천 가지 모습으로」라는 두 편의 시가 소개되는데, 『서동시집』에 실린 이 시들을 소개하는 데는 다음과 같은 이유가 있다. 9・11 테러로 정점에 달한 서구 자본주의 사회와 이슬람권의 대결 구도는 도무지 끝이 보이지 않으며 이슬람 극단주의 세력인 "이슬람 국가"의 만행은 종교와 지역의 차이를 넘어 인간 존재에 대한 근본적 회의로까지 이어지고 있다. 최근 유럽에서는 이들의 극단적 행동에 우려의 목소리가 나오는가 하면 다른 한편 이슬람 전체에 대한 배타적 공격의 움직임이 시작되고 있다. 예를 들어 페기다(Pegida, 서양의 이슬람화에 반대하는 애국적 유럽인)로 불리는 일련의 반 이슬람경향은 유럽 대도시에서의 시위로 이어지고 있다. 세계화로 규정되는 21세기의 세계질서는 지역, 민족, 종교, 문화, 전통의 다양성이라는 보편적 가치를 붕괴시키고 신자유주의 경제라는 우상에 압도되고 있다. 이때 반드시 필요한 것은 타문화, 타종교에 대한 편견 없는 이해이다. 우리는 과연 이러한 시대적 요청에 부응하는 노력을 하고 있는 것인가? 필자가 보기에 우리의 이슬람에 대한 이해의 노력은 아직 미진하고, 더욱이 왜곡되고 편견에 사로잡힌 이해의 수준에 머물러 있는 것이 아닌가 하는 안타까움을 떨쳐 버릴 수 없다.

『서동시집』은 괴테의 중요한 작품이면서도 다른 작품과 달리 일반 독자들에게는 거의 알려져 있지 않고 있다. 심지어 이 작품을 이해하기 위한 전제조건이 되는 이슬람 종교와 문화에 대한 연구는 독문학 연구자에게 큰 부담이 아닐 수 없다. 필자가 기대하는 것은 독자들에게 몇 편의 시를 소개함으로써 이슬람에 대한 호기심과 관심을 일깨울 수 없을까 하는 것이다. 사실 괴테의 이슬람 수용의 결과물인 이 시집은 엇갈리는 평가의 대상이기도 하다. 『오리엔탈리즘』의 저자 에드워드 사이드는 "요컨대 오리엔탈리즘이란, 동양을 지배하고 재구성하며 억압하기 위한 서양의 방식"이라 규정하며 그의 저서 여러 곳에서 이 시집을 오리엔탈리즘의 예로 평가한다. 과연 괴테가 이러한 지적 메커니즘에서 자유롭지 못했는지, 아니면 그의 이슬람 종교와 문화에 대한 이해와 수용의 태도는 우리 시대가 직면하고 있는 타문화, 타종교 이해와 수용을 위해 훌륭한 예가 될 수 있는지는 매우 중요하면서도 많은 연구가 필요한 문제이다. 여기서는 다만 괴테의 이슬람 연구와 수용의 결과물인 시 몇 편으로 이슬람에 대한 독자들의 지적 호기심을 자극하고자 한다.

『서동시집』은 대부분 1814~15, 2년간 쓰여진 시를 수록하고 있다. 나폴레옹 지배 말기의 이 시기는 전 유럽을 혼돈으로 빠뜨리고 있었고 괴테에게는 자신의 세계로 돌아와 자신을 역사적으로 성찰하는 회고의 시기였다. 그가 피해갈 수 없는 경악스럽고 견딜 수 없는 시기에 그는 새로운 영역으로 도망치고자 한다. 이 새로운 영역이란 시대의 소용돌이에서 벗어난 먼 곳, 젊음을 되찾고 회춘할 수 있는 영역이다. 당시 괴테는 드레스덴 광장에 모인 낙타 탄 러시아 군대와 바이마르의 신교 중고등학교 강당에 모인 이슬람인들의 예배모습을 접하는 특별한 경험을 한다. 이후 정치적 상황은 호전되고 괴테는 고향으로 여행을 계획한다.

1814년 여름 나폴레옹이 엘바 섬에 유배된 후 여행이 시작되는데 이때 괴테는 마리안네 융–그녀는 이후 상처한 프랑크푸르트의 금융가 빌레머의 부인이 된다–과 만나게 된다. 이 시기에 괴테는 출판인 고타로부터 오스트리아 동방학자 함머가 번역한 페르시아 시인 하피스의 시집을 선물 받는데, 이것이『서동시집』에 수록된 시를 쓰게 되는 자극제가 된다. 시집이 완성된 후 1814년 말 괴테는 스스로 젊음을 되찾았고 이전의 활력으로 다시 태어났음을 고백한다. 예언자 모하메드의 메카로부터 메디나로의 도피를 의미하는 불어「Hegire」라는 제목의 시를 시집 첫 시로 배열한 것은 부활, 회춘의 새로운 단계로 접어든 시인의 자기표현이다.

물론 괴테의 이슬람권에 대한 관심과 독서는 앞서 언급한 시인 하피스의 시집에만 국한되는 것은 아니다. 이 작품과 더불어 페르시아 시인 Firdausi와 Sadi의 작품들, 그리고 이슬람권 여행기나 소개서 등, 특히 함머가 편집인으로 출판한 4권의 『동양의 보고』가 있다. 위에서 언급한 자료에 만족하지 못한 괴테는 아랍어와 문자에 몰두하며 아랍어의 필적을 연습하기도 하는데, 아랍어는 정신과 어휘 그리고 문자가 일치하고 있음을 확인하였기 때문이다. 마호메드의 삶, 사랑의 모범인 메두사 눈과 라일라에 관한, 배화교 등 다양한 영역의 이슬람 주제들이 괴테를 매혹시켰으며 특히 Herbelot의 동양백과사전과 꾸란 연구에 몰두한다.

동양으로의 여행과 연구의 성과인 이 시집은 괴테가 라인 강과 마인 강 그리고 넥카 강으로의 여행시기인 1815년 여름, 지평확장의 결정적 계기를 맞게 된다. 프랑크푸르트에서 이제는 빌레머 부인이 된 마리안네와의 재회, 그리고 하이델베르크에서의 이별이 그것이다. 30살의 마리안네는 프랑크푸르트에서 여배우로 활동 중이었고 1814년 자신을 수양딸로 받아들인 은행가 빌레머의 부인이 되었다. 1814년과 1815년 여름을 빌레머가에서 보낸 괴테는 시집에서 그녀를 사랑하는 여인 줄레이카로, 자신은 하템이라는 이름으로 등장시킨다. 늦여름과 가을, 마리안네와의 짧은 사랑은 시 배열을 바꾸는 계기가 되고 10월 들어 새로운 구성으로 완성된다. 이후 2년여의 작업 끝에 1819년 8월 11일 괴테는 코타에게 모든 작업이 마무리 되었고 비로소 이 일에서 벗어나게 되었다고 전한다.

『서동시집』의 시 중 가장 난해하고 비밀스러우며 완벽한, 또한 가장 빈번하게 연구대상이 되어온 이 시는 괴테를 대표하는 시 중 하나로 평가되어왔다. 시집에 부록형식으로 실린 "메모와 논고"는 시집에 대한 이해를 돕기 위한 괴테의 해설이라 할 수 있는데 여기서 그는 "정신력이 풍요로운 자는 보이는 것에 만족하지 않고 우리의 감각에 들어오는 모든 것을 하나의 가장으로 고찰한다. 이 위장된 이면에는 숭고한 정신적 삶이 유쾌하게 고집스럽게 숨겨져 있으며, 이는 우리를 끌어당기고 숭고한 영역으로 이끌기 위함이다."라고 적고 있다. 따라서 예술 작품을 제대로 이해하는 일은 매우 힘든 작업이라 할 수 있는데 아도르노는 이러한 문제를 다음과 같이 지적하고 있다. "단지 예술작품 안으로만 들어가는 자에게 예술작품은 모습을 드러내지 않는다. 단지 밖에만 머물러 있는 자는 친화력이 부족하기에 예술작품을 변조하게 된다." 따라서 작품의 형식과 내용에 대한 동시적 감상과 이해가 필요한 것이라 할 수 있다. 우리의 감각을 통해 지각되는 예술의 형식과 그 이면에 감추어진 예술의 진리 내용은 어느 하나도 놓칠 수 없는 것들이다. 이 시에서 불빛을 동경하는 나비의 모습에서 드러나듯 마법의 힘에 이끌려 불빛과 하나 되고자 하는 갈망은 텍스트를 이해하고 해석하기 위해 텍스트 안으로 침투해 들어가려는 시도에서 지평 융합의 소망으로 완성된다.

「황홀한 그리움」은 독자가 쉽게 다가가기 어려운 수수께끼 같은 성격의 시라 할 수 있는데 아마도 시의 구조, 심상의 구성, 사고의 전개과정 등과 관련 있어 보인다. 다시 말해 짝짓기, 나비, 불꽃죽음의 상들로부터 '죽어라, 그리고 되어라'라는 명제에 이르는 시 진행이 이해하기 어려운 그리고 사고가 자연스럽게 이어지지 못하는 느낌을 받기 때문이다. 이 문제를 해결하기 위해서는 일관된 의미의 통일성과 관계되는 다양한 영역들, 그리고 시 내용의 불연속성이 설명되어야 한다. 따라서 한편으로는 개별적으로 고립되어 있으나, 다른 한편으로는 상들의 영역을 넘어서 결합되는 연들의 구성을 설명해야 한다. 5연으로 구성된 이 시는 틀을 이루는 1연과 5연, 2, 3, 4연으로 구성된 중간부분으로 나누어진다. 1, 5연은 추상적 진술이라는 특징을 보이며 2, 3, 4연은 구체적이며 상징적인 상에서 이루어지는 형상화 과정이다. 1연은 내용상의 테제이며 2, 3, 4연은 논증으로, 그리고 마지막 5연은 총괄적 일반화로 이해할 수 있다.

이러한 일관성을 지향하는 의미해석의 시도에 맞서 4연과 5연 사이의 단절, 기타 텍스트 요소는 항상 시의 통일성에 이의를 제기하는 근거가 되었다. 끊임없이 불분명하게 또는 양가적으로 미끄러지면서 다음 연으로 이어지는 말 걸기가 계속된다. 침묵하도록, 요구받는 청자 또는 독자와 시인 자신을 포함시키는 '너'에 대한 말 걸기가 계속된다. 1연에서 침묵하도록 요구받은 청자 또는 독자를 향한 말 걸기는 4연에서 '너(du)'에 대한 말 걸기로 바뀐다. 이때 '너'는 단지 나비를 향한 말 걸기에 그치는 것이 아니라 독자와 시인 자신을 향한 것이기도 하다. 4연에서 나비에 대한 말 걸기는 시 중반 부분의 연관성을 구성하는데, 마지막 연에서의 말 걸기는 이것과 분리해서 해석되어야 한다. 시에서 특징적으로 나타나는 말 걸기는 미끄러지면서 옮겨가는 구조를 보이는데, 이는 모티브와 연관된, 그리고 은유적 표현에서 나타나는 다양한 상들의 연관성과 중첩된다. 불꽃에 이끌려 몸을 사르는 불나비의 모습처럼 타오르는 촛불의 상에서 사랑으로 인해 재가 된다는 전승된 토포스가 받아들여지고 있다. 이 상투적인 모티브들은 그러나 짝짓기와 탄생이라는 두 번째 상의 영역과 연결된다.

불꽃 죽음을 동경하는 나비에 대해 살펴보자. 불꽃, 다시 말해 빛은 이슬람에서 절대자, 신의 표상이다. 꾸란에서 "신은 지상과 천상의 빛이며, 신은 별처럼 빛난다." 빛, 불꽃과의 합일은 신과 하나됨이며 고행으로 자신을 희생하고 영혼을 구원받는 새로운 탄생의 전제이다. 12행 '더 높은 짝짓기'라는 표현을 이해하기 위해 은유적 시 읽기가 시작된다. 또한 5행 '너를 잉태하고, 너 또한 생명을 만든'에서의 이중의 생식행위, 6행과 7행 '사랑의 밤', '촛불이 타고 있을 때', 19행 '어두운 대지 위에서' 나타나는 밝음과 어두움의 은유는 주체적/정신적, 세속적/신적인 서로 대립되는 영역들이 구축되는 것으로 나아간다. 이러한 시의 특징은 나비와 연관된 상의 영역을 갑작스럽고 단계적 과정을 무시하는, 정신적이며 신비적이기까지 한 변화과정에서 '죽어라, 그리고 되어라!'라는 이념적 요구와 통합하도록 한다. 따라서 이 시는 현세적 실존의 극복에 대한 동경으로 읽을 수 있는데 이는 우리에게 부여된 과제이며 새로운 탄생에 대한 요구이다.

'숙어라, 그리고 되어라'라는 명제는 창조적 예술가에게 초 개인적 힘에 사로잡히는 동시에 창조적 순간을 움켜잡는 이 중적 체험이다. 자체로 모순되는 의미를 담고 있는 '황홀한 그리움'이란 제목은 이 순간에 관여하고자하는 양가적 소망 을 표현한다. 시인이 칭송하는 선택되어진 삶을 살아가는 자 는 창조적 활동을 하는 존재인데, 이는 자기희생으로 조건 지 어진다. 영감의 순간은 '낯선 감정'의 엄습이라는 상에서 표 현되며 이 엄습이라는 강력한 상은 자아를 수동적 존재로 만 든다. 4연에서 이 상은 우리는 끌어당기는, 따라서 저항할 수 없는 힘으로 나타나 '아무리 먼 거리도 네겐 힘들지 않다'고 표현된다. 이때 힘들지 않다는 의미는 저항할 수 없다는 의미 이며 사로잡혀있다는 뜻이다. 4연은 '타버렸다'는데 초점이 맞추어진다. '빛을 갈망하며'에서 이미 갈망이라는 개념에는 수동적이며 동시에 능동적인 양가적 태도가 함께한다. 왜냐하 면 빛을 갈망하는 존재는 스스로 빛을 동경하지만, 다른 한편 자신의 의지와는 상관없이 이끌리기 때문이다. 창조적 순간에 내재하는, 새롭게 자신으로 돌아가려는 움직임은 잉태와 탄생 의 상에서 표현되고 있다.

'너를 잉태하고, 너 또한 생명을 만든'에서 드러나는 이중 의 생식행위는 비로소 이해가능하다. 왜냐하면 작품생산은 하 나의 창조행위인 동시에 예술가 또한 새로운 존재로 거듭나는 과정이기 때문이다. 자연의 창조과정을 넘어서는 예술가는 보다 높은 짝짓기에 대한 갈망에서 자신에게 부합하는 일을 찾는다. '어두운 대지 위에서 너는 한낱 서글픈 객일 뿐이다'에서 어두움은 활동하지 않은 인간의 영역이다. 이에 반해 창조적 자아는 자율적 존재이다. 예술가에게 그의 고향은 자신이 태어난 어머니 품이라는 어두운 영역이 아니라 그가 다가가는 밝은 창조의 세계인 것이다.

8. 은행잎 – 예술을 통한 현실 극복

동방에서 내 정원으로 건너온
이 은행나무 잎에는
비밀스런 의미가 담겨 있어
그걸 아는 사람을 기쁘게 한다.

본래는 하나였던 것이
둘로 나누어진 것일까?
아니면 서로 어우러진 두 개를
사람들이 하나로 보는 것일까?

괴테가 자필로 쓴 시 「은행잎」

이런 의문의 답을 찾다가
나는 참뜻을 알게 되었다.

그대는 내 노래에서 느끼지 않는가.
내가 하나이면서 둘이라는 것을.

『서동시집』의 "줄라이카 시편"에 수록된 이 시의 원본에는
1815년 9월 15일이라는 날짜가 기록되어 있다. 「은행잎」은 예
쁘게 간직하고 싶은 나뭇잎인 동시에 시의 제목으로 표기됨
으로서 한 편의 시가 된다. 다시 말해 은행잎은 자연에 속한
식물인 동시에 문학작품이 되는 것이다.

형용사가 눈에 띄지 않는 간결한 표현의 이 시는 독자에게
의미를 성찰하도록 요구하는 듯한 소박한 내용이 특징적이다.
눈에 띄는 감각적 세부묘사나 생생한 표현은 이 시에서 절제
되어 있다. '비밀스런 의미', '아는 사람', '어우러진'이라는 추
상적이고 해석학적 표현에서 「은행잎」은 에로틱하고 시적인
성찰의 형상으로 다가온다.

1연에서 「은행잎」의 모호한 의미가 문제로 제기되고, 2연에
서는 이 의미와 연관하여 평행을 이루는 두 질문, '본래는 하나
였던 것이 둘로 나누어진 것일까? 아니면, 서로 어우러진 두
개를 사람들이 하나로 보는 것일까?'으로 이어지며, 3, 4연에서
는 독자가 쉽게 이해하고 수용할 수 있는 설명 대신 '하나이면
서 둘이라는' 알 듯 모를 듯한 답변으로 끝난다.

이 시가 내포하고 있는 풍부한 상징은 "줄라이카 시편"-『서동시
집』을 구성하는 여러 시편 중 하나이다-의 맥락에서 검토되어

야 하는데, 그렇지 못한 경우 이 시와 다른 시와의 관계에서 드러나는 의미 연관성이 고려되지 못할 수 있기 때문이다. 이 시의 모호한 암시들은 '줄라이카 시편'의 에로틱한 주제와 연관되어 비유적 독서기호로 다루어질 수 있다. 은행잎은 사랑시 또는 체험시라기보다는 전체 텍스트를 이해하기 위한 해석학적 방향을 제공하는 동시에 독특한 형상으로 인해 성찰을 요구하는 시라 할 수 있다. 은행잎의 윤곽에서 드러나는 하트 모양은 사랑의 상징에 적합하다. 은행잎을 관찰하는 사람은 잎의 중간 부분이 가로로 깊이 패어있는 모양에서 불확실성을 관찰하게 된다. 다시 말해 "본래는 하나였던 것이 둘로 나누어진 것일까? 아니면 서로 어우러진 두 개를 사람들이 하나로 보는 것일까?"라는 두 가지 가능성에 혼란스럽다. 이 불확실성은 이 시에서 해결되지 않은 채 "하나이면서 둘"이라는 양가성을 표현하기 위해 기호학적으로 이용된다.

하나이면서도 둘이라는 명제는 플라톤의 『향연』에서 아리스토파네스에 의해 설파된 자웅동체의 신화에 기원을 두고 있다. 원래 인간은 두 사람이 한 몸이었는데 교만과 신들의 질투로 인해 둘로 나누어지고 각기 하나로 살게 되었다는 것이다. 그런 이유로 잃어버린 반쪽을 그리워하고 만나면 서로를 알아볼 수 있게 된 것이 바로 사랑의 감정이다. 다시 말해 사랑은 새로운 이상적 결합의 가능성이다. 은행나무의 생리학적 특이성은 66세라는 나이에 더 이상 적합한 애인의 역할을 기대하기 어렵게 된 괴테가 주목하는 부분이다. 은행나무는 수령이 높은 경우에도 번식하는 능력이 있으며, 병들어 가는 것에 저항할 수 있다. 따라서 노년의 괴테가 은행나무의 활력을 비유적으로 사용한 듯 보이는데, 이는 설사 플라토닉한 사랑이라 할지라도 40년 어린 마리안네의 연인이 되고자 하는 괴테의 시적 표현이다.

위에서 설명한 내용은 당시 괴테의 전기적 사실을 확인할 때 분명해진다. 1813년 말 나폴레옹의 패전 후 1814년 여름 괴테는 오랜만에 고향인 라인 강과 마인 강 지역으로 여행을 떠난다. 1815년 5월, 그가 몇몇 지인들과 하이델베르크로 제법 긴 여행을 하는 동안 『서동시집』의 다른 시들과 함께 '은행잎'이라는 이 시가 쓰여진다. 이 시기 괴테는 이제는 빌레머라는 프랑크푸르트 은행가의 후처가 된 마리안네와 사랑을 하게 된다. 9월 15일, 이 시가 쓰여지기 직전 그는 그녀에게 사랑의 징표로 은행잎을 보낸다. 괴테는 마리안네와 편지를 주고받는데 이때 특이한 점은 함머가 번역한 페르시아의 시인 하피스의 시집에 근거해 두 사람 사이에서 약속된 코드를 사용한다는 점이다. 「은행잎」이 쓰여진 며칠 후 9월 21일 두 편의 시-「아름답게 쓰여진」과 「암호문」-가 완성되는데 이 역시 줄라이카 시편에 들어있는 마리안네에 대한 사랑의 표현이다.

「암호문」이라는 제목이 지시하듯 괴테는 『서동시집』의 자기해설서라고 할 수 있는 「메모와 논고」에서 암호로 된 편지, 다시 말해 하피스의 시를 사랑의 글을 주고받는 코드로 사용하기로 약속했음을 언급한다. 두 사람은 이런 약속에 따라 암호화된 편지를 해독할 수 있었겠지만 문학작품이 된 이 시는 이중의 암호문이라 할 수 있다. 다시 말해 이 시는 전기적 상황을 고려하는 것만으로는 해석될 수 없는데 왜냐하면 전기적 사실과 다른 시적 형상으로 남기 때문이다. 암호문은 시의 모습을 갖게 되면 그 의미가 드러나기도 하지만, 동시에 침묵하는 특성을 보이게 된다. 따라서 은행잎의 비밀스런 의미는 시의 마지막 행에서 '하나이면서 둘이라는' 명제의 해결할 수 없는 양가성으로 나타난다.

시 첫 행 '동방에서 내 정원으로 건너온'에서 정원은 자연과 사랑 그리고 시가 상호지시 관계에 놓이는 공간이다. 쉴레겔과 노발리스의 초기 낭만주의 시학에서 동방의 전통은 중요한 역할을 한다. 동방의 문화, 특히 문자 문화를 모범으로 하는 특징이 눈에 띈다. 당시의 신화 연구, 어원학 그리고 언어사 연구는 동양의 전통에 눈을 돌리고 있었다. 소위 원 언어에 대한 언어사적 고찰은 히브리어, 이집트어, 그리고 인도어에 관심을 두고 있었다. 이런 경향의 연구성과에 비추어볼 때 괴테 시대 예술의 중요한 개념인 "예술의 자율성"은 계몽주의에 의해 고무된 학문적 언어의 관습적 의미와 지시관계로부터 벗어나고자 하는 경향이라 할 수 있다. 물론 이 개념은 칸트의 명제 "목적 없는 합목적성"으로 설명할 수 있는데, 예술은 그 어떤 사회적, 정치적, 도덕적 요구로부터 자유로워야하며 이때 비로소 예술은 존재 당위성을 갖게 되며, 역설적으로 우리의 삶과 현실에 올바른 기능을 할 수 있다는 의미를 갖는다.

히브리어의 원 언어, 명명언어는 자율성을 요구하는 시에 자기성찰의 모델로서 제공되는데, 왜냐하면 원 언어와 명명언어는 세계창조로 해석되기 때문이다. 언어의 신비로운 마법은 문학적 상상에서 그 버팀목을 발견한다. 히브리어의 명명언어는 시적 에너지를 드러내 보이는데 이 에너지가 문학적 언어 사용에서 모델이 될 수 있기 때문이다. 이는 기호와 지시대상의 관계에서 상실된 원 언어적 동일성을 회복하려는 낭만주의의 노력이며, 괴테는 자서전 『시의 진실』뿐만 아니라 「메모와 논고」에서 『서동시집』과 관련한 히브리어의 전통을 강조하고 있다. 위에서 설명한 이러한 특징은 '그의 이름을 불러주었을 때 그는 나에게로 와서 꽃이 되었다.'라는 김춘수 시의 특징과 맥락에서 이해할 수 있다. 다시 말해 대상인 꽃의 본질이 이름을 불러줌으로써 비로소 드러난다는, 대상을 이름 짓는 언어가 본질과 일치된다는 것이다. 『서동시집』의 이해를 위해 또 하나 고려할 점은 페르시아의 서체에 관한 것인데 이때 목적에서 자유로운 문자의 유희적 관점이 강조된다. 다시 말해 문자의 전달기능보다 서체의 특징이 중요하다는 것이다.

『서동시집』 이해에 중요한 의미를 시사하는 괴테의 진술을 들어보자. "우리가 경험하는 많은 것들은 온전히 표현하거나 직접적으로 전달할 수 없기에 나는 오래전부터 다음과 같은 수단을 선택하였습니다. 서로 마주하고 있는 동시에 서로를 반영하는 심상으로 그 의미를 찾기 위해 주의를 기울이는 사람에게 비밀스런 의미를 드러내 보여주는 수단 말입니다."

프랑크푸르트학파의 일원으로 현대 예술이론에 크게 기여한 발터 벤야민은 "아는 자를 위해서는 단지 그 어떤 것을 비유적(Allegorisch)으로 표현될 수 있다."고 말하는데 이 시의 첫 행 '그 뜻을 아는 자'는 벤야민의 입장에 대한 괴테의 선취라 할 수 있다. 현대 문학에서 알레고리란 르네상스와 바로크시대처럼 하나의 개념을 하나의 상으로 전환하는 데 그 특징이 있지 않고, 하나의 상에 의미를 연속적으로 부과하는 데 있기에 이 비밀스런 의미는 백과사전에 기재된 의미의 목록을 찾아보는데 국한되지 않는다. 상징석 자기 드러내기와 우의적 일차원성 사이에서 현대적 알레고리는 문학작품의 기호학적 이중구조를 요구한다. 문학작품은 현존과 물러남 사이에서 부유하며 옮겨감의 과정으로서 그 의미가 자리 잡게 된다.

히브리어의 원 언어나 명명언어관 그리고 장식적 페르시아의 서체보다 이 시에서 중요한 점은 식물이름을 제목으로 하고 있다는 것이며, 따라서 시의 비유적 대상이 이미 자연문자의 전통을 시사하고 있다는 점이다. 왜냐하면 은행잎은 "하나이면서 둘이라는" 중요한 잎의 특징을 노래 부르는 자와 그의 노래에 그리고 시로 된 글에 전달하면서 끝맺고 있기 때문이다. 자연문자는 자연의 책에 대한 관념에서 파악되는데 사물을 표기하는 것을 신의 창조행위로 소급시킨다. 자연의 책에서 자연을 구성하는 4개의 본질적 영역은 상호 지시관계에 있다. 식물의 원 모습이 어떤 것인가를 찾으려 할 때 은행잎은 시적이고 에로틱한 원형식물의 종으로 표기될 수 있을 것이다.

본질적 자연영역의 등가물은 자연문자의 통일성으로 보증된다. 이때 감추어진 등가물이 중요한 데, 이들은 바빌론의 언어혼란 시기에 몰락했기 때문이다. 이 점에서 시는 언어를 통한 새로운 창조의 매개물이 될 수 있으며 숨겨진 등가물의 비밀스런 의미를 풀어내는 일을 허용한다. 이 시는 자연물인 은행잎을 상상의 공간에서 새롭게 함으로서 의미를 만들어내는 기호연관성을 보장한다. 자연과 예술의 관계는 이 시집에서 변형으로서 반복되고 우선시되어 표현된다. 자연과 주체는 시라는 상상의 공간으로 옮겨지는데, 이는 정신화 고귀화이며, 무엇보다 사물과 육체를 시공의 제약으로부터 해방시키는 것이라 할 수 있다.

자연문자는 비의적 원 언어와 기능적 측면에서 공통점을 보이는데 문자와 목소리의 양가성이 이 시에서 중요한 문제이다. 문자가 정신이라는 관념에서 보면 문자라는 죽은 글자보다 살아있는 말, 대화에서 살아있는 말에 우선권이 주어진다. 문자가 성찰과 미적 기능의 특성을 갖고 있음에도 불구하고 이 시집에는 문자와 목소리의 대립이 여전히 남아있으며, 시로 쓰여진 문자는 항상 반복해서 노래에서 그리고 노래하는 목소리에서-왜냐하면 시는 노래로 불릴 수 있기에-현존하는 것과 현실의 것이 되도록 지시하는 기능을 한다.

"줄라이카 시편"의 특징인 대화방식의 수사법은 줄라이카와 하렘이라는 두 남녀의 2인극 형식에 적합하다. 페르시아 사랑시의 특징인 대화에서 영감을 받은 것이다. 『서동시집』의 시들이 노래이며 구음성에 기초하고 있다는 사실은 시의 마지막 행에서 확인할 수 있다. 문자로 쓰인 시가 노래로 불릴 수 있다는 점에서 문자와 소리 양자의 기능을 검토할 수 있다. 말, 소리, 그리고 이들로 이루어지는 노래는 생생함을 담보하지만 문자와 달리 지속성을 갖지 못한다. 괴테의 은행잎은 자연의 은행잎이 예술로 표현된 은행잎으로 변화되는 순간부터 자연의 생성과 소멸로부터 자유롭게 된다.

이 시는 깊은 의미를 갖는 문자로 쓰인 사랑의 시이기에 그 어떤 사랑의 말보다 지속적이고, 문자로 된 시의 특징인 거리감 또한 유지하기에 실제의 사랑의 관계를-괴테와 마리안에, 나아가 이 두 사람에 국한되지 않고 보편적 사랑을 노래하기에-성찰하며 먼 곳으로부터 현실의 문제로 우리에게 다가오는 가능성을 갖는다. 문자화되고 비유적으로 이중의 의미를 갖는 은행잎은 시적 문자의 특징인 기억하게 하는 기능으로 사랑과 여인의 모습을 연결한다. 현실에서 이루어질 수 없는 사랑은 오직 글로 쓰인 시에서만 가능하다.-다시 말해 영원히 지속하는 사랑이-

9. 천 가지 모습으로 – 겸손함, 그리고 감사하는 마음

천 가지 모습으로 자신을 숨긴다 해도
더없이 사랑스러운 이여, 나는 바로
그대를 알아봅니다.
마법의 베일로 자신을 감춘다 해도
어디에나 계신이여, 나는 바로
그대를 알아봅니다.

『서동시집』 성립 시기에
만난 마리안네 빌레머

맑고 힘차게 뻗어 나가는 실측백나무를 볼 때면
더없이 아름다운 몸매를 가진 이여, 나는 바로
그대를 알아봅니다.
수로를 따라 흘러가는 맑은 물결의 움직임을 볼 때면
더없이 애교 있는 이여, 나는 바로 그대를 알아봅니다.

분수의 물 높이높이 솟아 떨어져 내릴 때면
더없이 장난스러운 이여, 난 얼마나 기뻐하며
그대를 알아보는지요

구름이 가지가지 모습으로 변해갈 때면
천만 가지 모습을 지닌 이여, 나는 바로 그대를 알아봅니다.

꽃무늬 수놓인 베일로 덮일 듯한 초원을 볼 때면
별빛 찬란한 하늘같은 이여, 나는 바로 그대를 알아봅니다.
그리고 담쟁이 천 개의 팔로 휘감아 돌면
오 나를 끌어안던 이여, 거기서 그대를 알아봅니다.

산기슭에 아침 햇살 비쳐올 때면
더없이 명랑하게 하는 이여, 이내 나는 그대에게
인사를 보냅니다.
그러면 머리 위로 하늘 맑게 열리고
가슴을 활짝 열어주는 이여, 난 그대를 숨 쉽니다.

나의 마음이, 내 감각들이 알고 있는 것
모든 것을 가르쳐주는 이여, 나는 그대를 통해 압니다.
내가 알라신의 이름을 백 가지로 부를 때면
그 하나하나에 그대를 위한 이름이 따라 울립니다.

이 시는 하템과 줄라이카라는 두 연인의 2인극 형식으로
구성된 "줄라이카 시편" 마지막에 위치한다. 아마도 이 시는
사랑을 주제로 하는 『서동시집』의 시 중 가장 아름다운 시가
아닌가 여겨진다. 또한 이 시는 무슬림이라는 의혹을 부인하

지 않을 만큼 이슬람의 종교와 문화에 경도되었던, 그러나 독창적 방식으로 타문화와 종교를 수용하고 있는 괴테의 태도를 잘 보여준다.

첫 행 '천 가지 모습으로 자신을 숨긴다 해도'는 자신의 모습을 쉽게 드러내 보이지 않는 사랑하는 여인을 지시한다. 아흔아홉의 다른 이름으로도 불리는 알라신과는 달리 괴테는 숭배와 경탄의 대상인 지고의 존재를 천 가지 모습으로 인식한다. 여인에 대한 사랑은 신적 존재에 다가감, 이 존재와의 합일에 대한 갈망으로 이어진다. 무슬림이 신에게 다가가고 합일을 갈망하며 알라를 아흔아홉의 다른 이름으로 부르듯, 괴테는 사랑하는 여인 또는 신적 존재에 다가가고 하나 되기 위해 천 가지의 모습을 각기 다른 이름으로 명명하려 한다. 시의 분위기는 경건함이 특징적인데, 괴테에게 경건함이란 신과 인간 그리고 세계를 엄격하게 구분하는 데 대한 이의제기이다. 지고의 존재에 대한 경외심으로 인해 경건한 분위기가 조성되는데 경외심이란 괴테에게 인간과 신의 구분을 넘어 신적 존재가 되고자 하는 태도이다.

'맑고 힘차게 뻗어 나가는 실측백나무', '수로를 따라 흘러가는 맑은 물결', '가지가지 모습으로 변해가는 구름', '꽃무늬 수놓인 베일로 덮인 듯한 초원', '별빛 찬란한 하늘' 등으로 표현되는 자연현상에서 사랑하는 여인의 모습을 인식하는 시적 자아는 이 여인을 '더없이 사랑하는 이'로, '더없이 아름다운 몸매를 가진 이'로, '더없이 명랑한 이'로, 그리고 '모든 것을 가르치는 이'로 노래한다. 이로써 사랑하는 여인에 대한 칭송은 신에 대한 칭송으로 녹아든다. 감각적인 것과 초감각적인 것의 하나됨을 노래했던 하피스처럼 이 시에서 지고의 존재가 사랑하는 여인의 모습으로 드러나는 것은 자연스럽다.

하템과 줄라이카의 사랑을 노래하는 이 시를 좀 더 잘 이해하기 위해 『서동시집』에 수록된 다른 시에서 나타나는 괴테의 이슬람 수용의 중요한 문제들을 살펴보자.

『서동시집』에서 괴테는 지상과 천국의 모티브를 통해 자신의 종교적 입장, 이슬람의 교리에 대한 입장을 표현하고 있다. 예컨대 예언자와 시인의 존재가치에 대한 문제제기를 통해 시인의 존재 이유를 예언자와 같은 반열에서 정당화 한다든지, 이슬람에서 말하는 천국으로 입장 자격에 대한 논의를 이끌어낸다든지, 음주의 허용에 대한 문제 등인데, 이 시의 주제와 관련해서 중요한 문제는 천국으로 허락된 여성들은 어떤 존재인가에 관한 것이다. 신앙을 지키려했던 전쟁영웅들은 천국에 들어갈 자격이 있는데, '정신의 약동과 비상을 지닌 음만이/ 선지자의 날개 달린 말과 같이/ 위로 치솟아 저 천국 문밖까지 올라와 울리는 것이라오.'라는 시는 시인이 이 영웅들과 더불어 천국으로 들어갈 수 있다는 자기 정당화이다. 시인은 하템이라는 이름으로 등장하는데 이 이름은 자신이 가진 모든 것을 기꺼이 내주는 선행으로 내적 풍요로움을 이룬

자이다. 인간은 선행과 자선으로 욕망의 유혹으로부터 자신의 심정을 정화한다, 시인 또한 시를 노래하며 모든 것을 내어주는 분배를 실천하는 존재이다. 수많은 신앙전쟁영웅들이 천국에 들어가는 것과 달리 소수의 여성에게 천국으로의 입장이 허락된다는 이슬람의 교리에 괴테는 동의할 수 없다. 줄라이카는 신에 대한 인식과 사랑의 중개자인데 그녀는 신성을 대표하는 존재이며, 우리는 그녀에게서 나타나는 지고의 본질을 사랑하게 된다. 따라서 시인은 천상의 후리에게 '그대 예전에 언젠가/ 지상에서 살아본 적이 있는지를.' 말해 달라 하며, 후리가 '그대 예전에 줄라이카라고 불렸음을' 확인하고자 노래한다. 괴테가 여성에게 구원의 성스런 모습을 부여한 것은-예를 들어 이피게니에, 나탈리에, 오틸리에, 마카리에 경우에 그러한데-줄라이카에게도 해당되며, 이로 인해 그녀는 천국으로 입장할 수 있다는 것이 작가의 입장이다. 지상에서 삶의 태도와 모습은 낙원으로의 입장을 결정하는 종교적 교리보다 더 중요한 기준인데, 이로써 괴테는 지상과 천국을 구분하는 종교의 교리를 극복하며 나아가 천국을 지상의 영역과 동일시하고 있다. 따라서 줄라이카의 진실한 사랑은 지상과 천상의 구분을 넘어 지상과 천상의 이원성을 극복하게 된다.

사랑의 경험에서 중요한 순간성과 영원성의 문제를 검토해 보자. "사랑 시편"에 이어지는 "명상 시편"의 마지막 두 편의 시는 운명과 사랑을 노래한다.

젤랄-에딘 루미는 말한다.
그대 세상에 머물면 세상은 꿈처럼 달아난다!
그대 여행을 떠나면 운명이 그대의 길을 정해준다.
더위도 추위도 그대를 붙들어놓을 수 없으니
그대에게서 피어나는 것은 곧 시들고 말리라.

줄라이카는 말한다.
거울이 나에게 말해요 나는 아름답다고!
여러분은 말해요. 늙은 것 또한 나의 운명이라고
하지만 신 앞에서 모든 것은 영원해야 하니,
내 안에 있는 그분을 사랑하세요, 지금 이 순간

첫 번째 시는 바로크 문학의 주제인 삶의 덧없음, 정해진
운명을 피하지 못함, 시간성에 조건 지워지는 아름다움을 노
래하고 있다. 앞의 시와는 달리 '줄라이카는 말한다'는 시간
성에서 자유롭지 못한 아름다움과 늙음이라는 운명적 현상을
체념이 아닌 다른 태도로 받아들인다. 즉, 신, 절대적 존재 앞
에서 영원성을 획득하기 위해 인간 내면에 있는 신적 존재에
대한 사랑을 노래한다. 또한 중요한 것은 마지막 행에서 순간
의 의미를 강조한다는 점이다. 이 두 편의 시에서 괴테는 신
비주의 시인 루미와는 다른 운명과 사랑에 대한 입장을 줄라
이카의 입을 빌어 전하고 있다. 운명을 받아들이는, 신의 의
지로의 귀의는 괴테에게 중요한 문제인데, '운명이 인간으로

하여금 도달하게 하는 삶의 공간은 우리가 기대할 수 없었던 은총을 갑작스럽게 선사한다'는 것이다.

만일 우리가 존재의 경이로움에 대한 인식에서 나오는 경탄에 가득 찬 감사하는 마음을 인간이 배워야 하는 가장 중요한 태도로 정의할 수 있다면 이는 또한 사랑하는 자의 태도라고 할 수 있다. '내가 사랑스런 그대를 어루만지는 것이/ 천국의 목소리를 듣고 있는 것이 현실일까/ 여전히 장미는 품을 수 없을 듯/ 밤꾀꼬리는 알아들을 수 없을 듯하니.'라는 시가 "줄라이카 시편"에 실린 것은 우연이 아니다. 사랑하는 자의 존재 인식과 세계 인식의 기본태도인 경탄에 가득 찬 감사하는 마음을 표현하고자 한 것이 아니겠는가. 마리엔 비가에서 괴테는 "감사하는 마음은 내면의 원천이라 할 수 있는데, 이 원천으로부터 자유의지에서 나오는 자기헌신이 샘솟는다. 이 자기헌신은 우리로 하여금 영원히 비밀스런 것을 인지하게 만들고 비밀을 부분적으로 드러나게 하여 그 비밀을 풀게 한다."고 말한다.

감사하는 마음은 사랑하는 자의 태도인데, 사랑하는 이에게 영원과 순간은 어떤 의미인가? 위에 인용된 시에서 줄라이카가 말하는 늙음, 운명, 나는 아름답다는 루미의 시와 같은 의미 층에 있다. 그러나 '곧 시들고 말리라'는 덧없음에 대한 한탄과는 달리, 줄라이카는 '신 앞에서는 영원해야 하니/ 내 안에 있는 그 분을 사랑하세요. 지금 이 순간'이라 말한다. 사랑을 느끼는 존재는 신, 절대자, 연인 앞에서 영원을 인식하는데, 지금 이 순간과 영원은 대립이 아닌 동일한 시간성의 체험으로 바뀌게 된다. 즉 순간에 내재하는 영원성의 의미 획득이 가능하게 되는데, 왜냐하면 아름다움이란 시간성에 구속되지 않기에 영원하며 시간의 흐름이 멈출 때 덧없음은 극복되기 때문이다. 순간이란 괴테 문학에서 현재·과거·미래라는 일상의 시간구분을 넘어서는 시간체험이 아닌가.

지금까지 설명한 내용과 함께 「천 가지 모습으로」를 감상해보자.

사랑하는 자는 반복해서 각기 다른 호칭으로 사랑하는 여인을 불러 보지만, 단지 반복되는 부름으로 신적 존재에 대한 찬양이 성취되지는 않는다. 돌고 돌며 유사한 것을 불러내는 일은 무엇보다 시의 구조적 특징을 바탕으로 이루어지는데, 이로 인해 시가 만들어내는 생명의 곡선은 아치형을 이루며 완성된다. 따라서 시의 구조적 특징과 음악적 효과를 함께 감상할 때 시가 의도하는 예술적 현실성에 다가갈 수 있다. 시적 자아의 시선은 경탄과 숭배의 대상이 드러내 보이는 모든 특성, 아름다운 모습, 우아함, 명랑함 등을 향하는데 이 도취된 시선은 그녀의 주변을 돌며 나타난다. 시에서 개별 대상들은 가까이 있는 다른 대상과 대비되는데, 이는 회화에서 붉은 색이 녹색과 대비되어 생명력과 그 본질을 획득하는 것과 같다. 만일 첫째 연에서 나타나는 '감추기', 즉 '마법의 베일로 자신을 감춘다 해도'라는 표현이 전제되지 않는다면, '맑고

힘차게 뻗어나가는 실측백나무'가 그렇게 예기치 못한 방식
으로 밝게 나타나지 못할 것이다. 시 전체는 이러한 특징을
보인다. 조용히 진행되는 첫째 그리고 마지막 연 사이에 네
개의 연이 있는데, 이 연들의 특징은 한편으로는 가까이 있는,
다른 한편으로는 멀리 있는 대상을 노래한다. 각각의 연에는
비교되는 상들이 서로 마주하고 있다. '수로를 따라 흘러가는
맑은 물결의 움직임'은 '맑고 힘차게 뻗어가는 실측백나무'와
대비됨으로서 우리 눈앞으로 다가온다. 이와 더불어 시선의
방향 전환이 이루어진다. 실측백나무로 인해 시선은 위로 향
하는데, 또한 수로의 물을 바라보는 시선은 다시 아래로 향한
다. 높이 솟구치는 분수는 시선을 다시 높은 곳으로 이끄는데
변화무쌍한 구름이 상징하는 천상의 영역에 도달하기 위해서
이다. 시선은 가장 높은, 그리고 정해지지 않은 변화무쌍한
영역으로부터 다음 연에서는 즉시 가까운 곳에 있는 그리고
수평의 영역이라 할 수 있는 '꽃무늬 수놓인 베일로 덮일 듯
한 초원'으로 옮겨간다.

음악에서 중요한 특징이라 할 수 있는 휴지를 '가슴을 활짝
열어주는 이여, 난 그대를 숨 쉽니다. Allherzerweiternde, dann atm'
ich dich'에서 살펴보자. 여기서 'dann(그리고 나면)은 음악에서의 휴
지인데', 따라서 dann은 시 번역에서 생략될 수밖에 없다. 음악
적 휴지는 음악적 고요함이 기능하는 가운데 단지 음향의 연속
이 중단되는 것을 의미한다. dann이 만들어내는 음악적 휴지는

조용한 리듬으로 이어지는 강렬한 정신의 작용으로 청자를 자신에게 돌아오게 한다. 즉 음향의 연속은 중단되어, 소리가 나지 않으나 울림 없이 진행되는 음악적 고요함은 Dann이 만들어내는 특별한 의미이다. 5연에서는 이전의 연에서 반복되던 '그대를 알아봅니다 erkenn' ich dich'라는 표현은 begrüßenn(인사를 보냅니다), atmen(숨 쉽니다)으로 변화한다. erkenn' ich dich라는 반복 틀에 익숙한 시감상의 청자는 갑자기 소리의 울림이 중지되는 상태를 경험하는데, 이 상태는 자신에게 무언가 특별히 중요한 것을 떠올리게 하려는 것임을 알아차리게 된다. '나는 그대에게 인사를 보냅니다.'는 감사의 표현이며, '나는 그대를 숨 쉽니다.'는 사랑의 표현이다. 이는 바로 인식으로부터 감사와 사랑으로의 전환이다. 예술적으로 방해받는 휴지의 순간에 깊은 의미가 드러난다. 감사하는 마음에서 나오는 인사와 호흡은 최고의 사랑과 헌신의 표현이다. 5연의 특징인 정체와 중단으로 인간 본성은 최고의 범위에 다다르고 시의 선율구조는 움직이는 아름다운 소리를 획득한다. 우리가 들을 수 있는 선율은 그것이 우리의 내면으로부터 들을 수 없게 비추어질 때 최고의 가능성을 갖는다. 또한 우리 심정의 내용들은 그러한 선율로 인해 비로소 최고의 현상으로 나타난다. 그렇다면 시가 표현 이상의 것이라는 점을 인식하는 일은 가치 있다 할 수 있다. 이로서 이 시는 자족하며, 부유하는 심상이며, 이는 마치 우주 그 자체와도 같다. 문자로 된 시에 생명을 불

어넣어 마치 우리가 눈앞에 측백나무, 분수, 구름, 초원, 햇살
의 생생한 모습을 떠올리게 하는 것은 분명 시 형식의 작용이
다. 따라서 쉴러는 "내용이 아무리 숭고하고 포괄적이라 하더
라도 우리의 정신에는 언제나 제한된 작용을 할 뿐이며, 단지
형식에 의해서만 진실한 미적 자유를 기대할 수 있다."라고
말하지 않았는가.

10. 열정의 3부작 – 예술의 치유, 그리고 화해

베르테르에게

다시 한 번 머뭇머뭇, 너를 두고
많이도 눈물 흘렸던 그림자여,
네가 날빛 속으로 나아오는구나
나와 만나는구나, 새롭게 꽃핀
풀밭에서
내 눈길을 피하지 않는구나.
네가 마치 살아 있는 것만 같다, 새벽,
한 들판 이슬이 우리에게 원기를
주는 때
또 반길 수만은 없는 노고의 하루가 끝나며
지는 해의 마지막 햇살이 우리를 황홀하게 할 때.
나는 머물도록, 너는 떠나도록 선택되었다

노년의 괴테가 사랑에 빠진
울리케 레베초프

네가 한 걸음 앞서 갔다-많이 잃지는 않았다.

인간의 삶은 찬란한 운명 같다
낮은 얼마나 사랑스러우며, 밤 또한 얼마나 위대한지!
그리고 우리, 낙원의 환희 속에 심어져
고귀한 태양을 만끽하기 무섭게
거기 어지러운 지향이 다툰다
금방 우리 자신과, 또 금방 주변과
어느 쪽도 다른 편에 의해 소망스레 보충되지 않으니
내면에서 빛나면 바깥으로부터는 어두워 오고,
빛나는 바깥 세계는 나의 침울한 눈길이 가린다
거기 가까이 있는데-알아보질 못한다, 행복을.

그런데도 우리는 행복을 안다고 믿지! 세차게
우리를 사로잡지, 사랑의 자극은 여성의 모습으로
젊은이는, 유년의 벌판에서처럼 즐겁게,
봄이면, 스스로 봄 되어 나선다,
황홀해 하며, 놀라며. 누가 그렇게 하게 했을까?
그가 둘러본다, 세계가 그의 것이다.
거침없는 초조가 그를 먼 곳으로 이끌어 간다.
아무것도 그를 가두지 못한다, 장벽도, 궁성도
숲 나무들의 정점을 스치며 나는 새들의 무리처럼
사랑하는 이 주위를 맴도는 그도 떠돈다
정기(精氣)로부터, 그 떠나고 싶은 것으로부터 그는 찾는다

성실한 눈길을, 하여 이 눈길 단단히 그를 붙든다.

하지만 너무 일찍, 그 다음에는 또 너무 늦게 경고받아,
그는 비상이 제지되어 있음을 느낀다, 사로잡혔음을 느낀다
재회는 즐겁다, 헤어짐은 어렵다
또다시 이루어지는 재회는 더욱 행복하다
긴 세월이 한순간에 만회된다
하지만 마지막에 음험하게 기다리고 있는 작별 인사

네가 미소 짓고 있구나, 친구여. 당연히도 감정에 가득 차서.
무서운 결별이 너를 유명하게 만들었다
너의 슬픈 불운을 우리는 기렸다
너는 가 버렸다, 우리를 남겨 둔 채, 평안에 또 고통에.
그러면 또다시 열정은
미로 같은 불확실한 궤도로 우리를 끌고 가고
되풀이되는 고통이 삼켜 버린 우리는
마침내는 헤어짐에-헤어짐은 죽음이다!
얼마나 감동적으로 울리는가, 헤어짐으로 인한
죽음을 피하려고 시인이 노래하면!
절반은 제 잘못으로, 그런 고통에 얽혀들었구나
신(神) 하나가 그에게 말하게 해 주기를, 무얼 그가 견디고
있는지.

비가

인간이 그 고통 속에서 말을 잃어도
신 하나가 나에게 말하게 했다, 어째서 나 괴로워하는지.

무얼 나 이제 재회에서 희망하랴
이날의 아직 닫혀 있는 꽃에서?
낙원이, 지옥이 네 앞에 열려 있다
마음속 솟구침은 얼마나 흔들리는지!-
더는 의심 말자! 그녀가 천국의 문으로 다가선다
두 팔로 그녀, 너를 안아 들어올린다.

그렇게 네가 낙원 안에 받아들여져 있었다
아름다운 영생을 누릴 만한 사람인 듯,
더는 아무런 소망도 없었다, 희망도 요구도 더는 없었다
여기서 가장 내밀한 지향의 목표는 있었다
단 하나뿐인 이 아름다움을 바라보며
그리움에 찬 눈물의 샘은 금방 말랐다.

날이 그 빠른 두 날개를 쳐들어
분(分)들을 앞으로 몰아대는 것 같았다!
저녁의 입맞춤, 변함없게끔 묶어 주는 인장
하여 이것이 다음 태양으로 남아 있으리.
시간은 부드럽게 흐르며 서로 닮아 갔다
자매들처럼, 하지만 어느 시간도 다른 시간과 똑같진 않았다.

입맞춤, 마지막 입맞춤, 끔찍하게 감미롭게, 갈가리 베며
뒤얽힌 사랑이 찬란한 엮임.
이제 서둔다, 이제 멈춘다, 발걸음은 문턱을 피하며
게르빔이 불꽃 검으로 그를 여기서 몰아내기라도 하듯
내키지 않는 눈길로 눈은 어두운 오솔길을 응시한다
뒤돌아본다, 천국 문이 잠겨 있다.

이제는 마음도 제 안에 잠겨 있다, 마치
한번도 열려 본 적 없듯이, 열락의 시간들이
하늘의 별 하나하나와 내기를 하며
그녀 곁에서 빛나는 것을 느껴 본 적 없듯이.
이제 후텁지근한 공기 속에서
침울, 후회, 비난, 무거운 근심이 짓누른다.

세계가 남아 있지 않단 말인가? 암벽들
더는 신성한 그림자들로부터 관(冠) 쓰지 않는가?
추수, 여물지 않는가? 푸르른 지역
강가에서 덤불숲과 풀밭을 지나며 이어지지 않는가?
궁륭이 되지 않는가, 세상을 덮는 큰 것
모습도 많은 것, 금방 모습도 없는 것?

얼마나 가볍고 사랑스럽게, 맑고 여리게 짜여
떠도는가, 세라핌처럼, 엄숙한 구름의 합창대
마치 그녀와 닮은 듯, 저 높은 곳 푸른 정기에서,

날씬한 모습 하나 환한 운무에서 솟아나온다
저렇게 그녀 즐겁게 춤추며 압도하던 모습 너는 보았지
가장 사랑스러운 모습들 중에서도 가장 사랑스러운 모습.

하지만 오직 몇 순간 너를 꾀해 본다
그녀 대신 신기루 하나를 그러잡아 오려 한다
마음속으로 다시, 거기가 낫다고 생각한다
거기서 그녀 가벼이 움직인다, 모습 바뀌어 가며
한 사람이 너무 많은 모습이 된다
저리 수천 겹으로 또 점점, 점점 더 사랑스럽게.

맞아 주려고 그녀 천국 문가에 머물렀다가 거기서부터
한 계단 한 계단 나를 행복하게 해 주던 모습대로
마지막 입맞춤 다음에도 또다시 내게로 달려와
가장 마지막 입맞춤을 내 입술 위에 눌러주던 모습대로,
그리 맑게 생동하며 사랑의 모습 머물러 있다
불꽃 글씨로 적혀서 변함없는 마음 안에.

마음 안에, 요철 드높은 성벽처럼 굳건하게
그녀를 간직하고, 또 그녀가 그 안에 간직된 마음
그녀를 위해서 그 자신의 지속을 기뻐하는 마음
오로지, 그녀가 자신을 열어 올 때 자신을 알고
그 사랑스러운 울타리 안에서 보다 자유롭게 느끼며
아직 고동친다, 오직 그 모든 것에 대하여 그녀에게 감사하려고.

사랑하는 능력이, 사랑의 보답을 바라는
욕구가 기이겼었는데, 사라졌었는데
이제 기쁜 설계를, 결심을, 재빠른 행동을
하고픈 희망의 흥을 얼른 되찾았다!
사랑이 사랑하는 이에게 정신을 주면
그런 건 내게서 더없이 사랑스럽게 이루어졌다

그것도 그녀를 통해서!-내면의 두려움이 어떻게
정신과 육신을 눌렀는지, 반갑잖은 무거움으로
사방의 무서운 모습들에 시선은 사로잡혀 있다
옥죄인 마음의 공허, 그 황량한 공간 속에서
이제 희망이 어렴풋 밝아 온다, 잘 아는 문턱으로부터
그녀 자신이 나타난다, 부드러운 햇살의 밝음 속에서.

평화의 신, 너희를 여기 낮은 곳에서
이성보다 더 축복한다는-그렇다고 우리는 읽는다-그분과,
사랑의 명랑한 평화를 나는 비교한다
더없이 사랑받는 존재의 현전 가운데서
거기서 마음은 안식한다, 그러면 그 무엇도 거스르지 못한다
깊은 뜻을, 그녀의 것이 된 뜻을.

우리 가슴속의 깨끗함 가운데 지향 하나가 물결친다
보다 높고 보다 깨끗한, 미지의 것에
감사하며 제 스스로를 헌신하려고

영원히 일컬어지지 않은 것의 수수께끼를 풀며.
우리는 그것을 경건하다고 부른다!-그런 드높은 지복에
나의 몫이 있음을 느낀다, 그녀 앞에 서면.

그녀의 시선 앞에서, 마치 태양의 지배 앞에서처럼
그녀의 숨결 앞에서, 마치 봄의 대기 앞에서처럼
녹아 버린다, 그렇게 오래 얼음같이 굳어져 있더니,
겨울 구덩이들에 깊이 들어 있던 자의식
어떤 이기심도, 어떤 강한 의지도 버티지 못한다
그녀가 오면 그 앞에서는 이 모든 것 씻긴 듯 사라진다.

그녀가 말하고 있는 것만 같다. "시간 시간
우리에게는 삶이 다정하게 주어지지요
어제의 것은 우리에게 별로 알려주는 바가 없었고
내일의 것, 그걸 아는 건 금지되어 있지요
그러니 저녁 앞에서 내가 두려워한들
태양은 가라앉았어요, 그러면서 보았지요, 무엇이 나를
기쁘게 하는지.

그래서 나는 이렇게 들여다봐요, 즐겁게 알아채며
순간을 본답니다! 미룸은 없어요!
얼른 그이를 만나지요, 호의를 가지고 또 생생하게
행동 가운데서든, 기쁘게도 사랑 가운데서든
오로지 당신이 있는 곳에서는, 모든 것이, 늘 어린애들 일

같기를,
"그렇게 당신이 모든 것이지요, 극복될 수 없는 분이고요."

말을 참 잘하는구나, 나는 생각했다, 신 하나가 수행하며
네게 순간의 호의를 주었구나,
하여 아리따운 네 곁에서는 누구든 느끼게 된다
이 순간 운명의 호의를 입은 사람이, 자신이라고
너로부터 물러나라는 신호가 나를 놀라게 한다
내게 무슨 소용이 있으랴, 그리 높은 지혜를 배운들!

이제 나는 멀리 있다! 지금 이 일 분 일 분에,
무엇을 해야 합당하겠는가? 할 말을 모르겠다
그녀는 내게 아름다운 것에다 많은 좋은 것을 준다
그게 짐이 될 뿐, 나는 내 자신을 밀쳐내어야만 한다
걷잡을 수 없는 그리움이 나를 이리저리 내몬다
여기에는 해 줄 남은 충고라고는 없다, 한없는 눈물뿐.

그렇게 계속 솟는다 걷잡을 수 없이!
하지만 내면의 뜨거운 불을 가라앉힐 수는 결코 없으리!
벌써 내 가슴속에 깃들어 거세게 잡아챈다, 내 가슴
죽음과 삶이 끔찍하게 서로를 격파하는 곳
육신의 고통을 가라앉히는 약초야 있겠지만
정신에는 결심과 의지가 없다

개념이 없다, 어떻게 그녀 없이 지낸단 말인가?
그녀의 모습을 수천 번 되풀이해 그려본다
금방 머뭇머뭇 머물다가, 금방 낚아채진다
어렴풋이 지금 또 지금 이 가장 맑은 빛줄기 속에서
어떻게 이것이 조금의 위로가 될 수 있겠는가
이 밀물과 썰물, 이 오고 감이?

여기서 나를 떠나라, 충직했던 길동무여!
나를 홀로 버려두라, 암벽에, 늪에 또 이끼 속에
그냥 계속 가라! 너희에게는 세계가 열려 있다
땅은 넓고, 하늘은 고귀하고 크다
바라보라, 탐구하라, 개별적인 것들을 모으라
자연의 비밀이 서서히 밝혀지리.

나에게는 우주가, 나에게는 내 자신이 상실되었다
그래도 한때 신들의 총아였던 나에게.
신들은 나를 시험했다, 내게 판도라를 주고
그렇게 재화를 많이, 위험은 더 많이 주고는
나를 몰아갔었다, 주기 좋아하는 입에게로
나를 떼어 놓았다, 나를 처넣었다, 멸망으로

화해
열정은 고통을 가져온다!—누가 달래 주는가
옥죄인 가슴을, 너무나도 많은 것을 잃어버린 가슴을?

너무나도 빨리 사라져 버린 그 시간들 어디에 있는가?
헛되이 가장 아름다운 것이 너를 위해 선택되었었다!
정신은 침울하다, 시작은 혼란하다
고귀한 세상, 어떻게 그것이 뜻에게서 사라지는지!

저기 음악이 천사의 날개로 너울너울 나아온다
수백만의 음에 음으로 얽힌다
인간의 존재를 속속들이 뚫고 들어오려고
그를 영원히 아름다운 여인으로 넘치게 채우려고
눈시울이 적셔진다, 보다 높은 동경 속에서 느껴진다
음(音)의, 또 눈물의 신적인 가치가.

그렇게 마음은 안도되어 재빨리 알아차린다
아직 살아 뜀을, 또 뛰고 싶어 함을
지극히 맑게 감사하며 넘치게 풍요로운 선물에
스스로를 보답하며 기꺼이 지니기 위해.
여기 느껴진다-오 이것이 영원하기를!-
음(音)과 사랑의 두 겹 행복이.

열정의 3부작은 「베르테르에게」, 「비가」, 「화해」라는 3편의 시로 구성되어 있다. 시집에 수록된 순서는, 그러나 시가 쓰인 시기와 역순이다. 「화해」는 1823년 8월 중순 마리엔 바드에서, 「비가」는-이 또한 마리엔 바드의 비가로 알려져 있는데-1823년

9월 초에, 「베르테르에게」는 1824년 3월 말 바이마르에서 쓰인 것으로 기록되어 있다. 각기 한 편의 시로 탄생한 세 편의 시는 의미 연관성에서 다시 말해 사랑의 열정이라는 주제로 밀접하게 연관되어 있다.

첫 번째 시 「베르테르에게」는 외적인 계기로 인해 쓰여진다. 1774년 『젊은 베르테르의 슬픔』을 출간한 라이프치히의 Weygand 출판사가 50주년을 기념하기 위한 출판계획을 했고 괴테에게 작품에 대한 안내문을 부탁했던 것이다. 괴테는 베르테르라는 주인공에 대한 자신의 현재 입장을 밝히려했으나, 이 시에는 베르테르가 발표된 이후의 시기부터 「비가」의 소재가 된 마리엔 바드에서의 체험에 대한 기억이 녹아있다. 다시 말해 이 시에서 우리는 1821년 온통 그를 흔들어놓았던 17살의 울리케에 대한 72세의 괴테의 사랑의 흔적을 읽을 수 있다. 1821~23년 마리엔 바드에서 울리케의 가족들과 만남은 청혼으로 이어졌고, 칼스바트에서의 이별로 끝나게 된다. 바이마르로 귀환 중 괴테는 「비가」를 완성하게 된다. 「화해」는 고뇌와 화해를 주제로 하기에 3부작을 마무리하는 시로 자리하게 된다.

수많은 이들이 눈물 흘렸던 베르테르는 살아있는 모습으로 노시인에게 다가온다. 베르테르는 떠나도록, 스스로 삶을 마감하도록, 그러나 시인은 머물도록 선택되었다. 1연의 마지막 행 '네가 한 걸음 앞서 갔다—많이 잃지는 않았다'는 삶을 이어가는 자의 장점을 상대화한다. 다음 연은 '어시러운 지향'으로 향히는 인간의 보편저인 경향을 표현한다.

베르테르에게 말 걸기는 보편적 성찰로의 전환을 의미한다. 낙원의 즐거움이 제공되는가 하면 이를 자신의 것으로 하지 못하는 인간의 무능함이 대조된다. 3연에서는 봄을 맞이하는 듯한 나이의 젊은이가 세상으로 발걸음을 내딛고, 사랑은 세계로 나아가는 열쇠가 된다. 4연은 경고와 제한, 얽힘, 그리고 이별을 노래한다. 사랑의 보편성에 대한 성찰이 이어지는데, 이때 이별은 예외 또는 가능한 일이 아니라 필연적 규칙이다. 다시 말해 자신의 젊은 시절의 경험을 일반화하고 있다. 5연은 이별로 인해 자살하는 화자의 친구 베르테르로 돌아온다. 베르테르를 창조한, 그러나 그와 다른 삶을 이어가는 시인은 새로운 열정의 미로로 빠져든다. 다시 이별이 찾아오고, 이는 죽음의 다른 방식이다. 다시 말해 사랑하는 자가 피할 수 없는 운명인 것이다. 이로서 1연의 마지막 행 '너 또한 많은 것을 잃은 것은 아니다'라는 의미가 드러난다. 다시 말해 사랑은 언제나 죽음의 다른 방식인 이별을 피할 수 없다는 것이다. 사랑하는 자는 언제나 죽음과 같은 이별을 피할 수 없기에 그에게 죽음은 늘 준비된 것이나 다름없다. 「베르테르에게」의 마지막 연 '절반은 제 잘못으로, 그런 고통에 얽혀들었구나/ 신(神) 하나가 그에게 말하게 해 주기를, 무얼 그가 견디고 있는지.'에서 괴테는 「비가」 첫 행 '무얼 나 이제 재회에서 희망하랴'의 의미를 바꾸어 표현한다.

우선 시 성립시기를 염두에 두지 말고 3편의 시를 검토해 보자. 3부작의 출발시인 「베르테르에게」는 노년의 괴테의 열정 경험이 『젊은 베르테르의 슬픔』의 주인공의 경험과 뒤섞인다. 이 실존적 위기는 「비가」의 주제가 되며 마지막 부분에서 출구 없음으로 끝난다. 이 문제는 3부 「화해」에서 예술의 치유력을 통해 극복된다. 화해는 「비가」에서 성취되지 않으며 위기의 과정에 비극적 성격을 부여한다.

열정의 3부작 중간 시인 「비가」는 「로마의 비가」의 시 형식 특징인 2행시와는 다른 형식을 취한다. 3부작의 중간부인 「비가」는 따라서 한탄을 표현하는 시이다. 물론 이 한탄시라는 형식 또한 고대에도 있었으나 쉴러의 "소박 문학과 감상문학에 관해서"를 참고한다면 이는 서정적 장르와 연관된 문제가 아니라 자연 그리고 이상과 연관된 기본태도의 문제라 볼 수 있다. 「비가」에서 자연은 상실된 것으로, 이상은 도달할 수 없는 것으로 표현된다. 상실의 체험, 무한한 상실의 감정은 「비가」의 기본 바탕을 이루며 낙원에서의 추방이라는 주제와 관련하여 이해 가능하다.

기대와 재회를 떠올리는 「비가」의 앞부분에서 두 개의 주도적 심상, 다시 말해 낙원과 지옥이라는 상반되는 메타포를 만나게 된다. 6행 '두 팔로 그녀, 너를 안아 들어올린다', 7행 '그렇게 네가 낙원 안에 받아들여져 있었다'-이때, 과거형으로 표현되고 있음을 주목해야 한다는 들어 올려지지 못할 성우, 따라서 받아들여지지 못할 성우 그가 마주하게 될 현실은 어떤 것인가를 상기시킨다. 다름 아닌 지옥의 고통인 것이다. 사랑의 행복과 화합의 상태에 대한 기억은 나락으로 떨어짐을 더욱 생생히 의식하게 하며, 상실을 더욱 고통스럽게 한다.

마리안네와 사랑의 시기에 쓰여진 『서동시집』에 나타나는 낙원과 연관된 표현을 살펴보자. "하피스 시편", '천국의 후리들이 나를 거룩한 젊은이로 맞아주기를' 라든지, "가인의 시편" '정녕 시인의 사랑의 속삭임은 후리들까지도 설레게 하나니'와 같은 시귀에서 낙원은 3부작에서와 다른 성격의 것임을 알 수 있게 한다. 천국을 지키는 여성, 이슬람의 관념에 따라 성자에 보답하는 후리의 눈멀게 하는 아름다움은 관능성을 초월하는 작용에 관한 것이지만 동시에 후리는 관능적 매혹의 힘을 잃지 않고 있다. 「비가」에서 사랑은 이러한 관능에 매혹하지 못한다. 11행 '단 하나뿐인 이 아름다움을 바라보며, 그리움에 찬 눈물의 샘은 금방 말랐다', 15행 '저녁의 입맞춤 변함없게끔 묶어주는 인장'을 살펴보자. 여기에서는 「로마의 비가」에서의 활력 넘치는 육체적 사랑의 향유는 찾아보기 어렵다. 예컨대 '젖가슴의 형태를 엿보면서, 손으로 허리를 쓸어 내리는' 대신 '시간이 부드럽게 흐르며'가 자리한다. 단지 아름다움에 대한 바라봄이 있을 뿐이다.

마지막 이별의 키스는 끔찍하게 감미롭지만 동시에 갈가리 베어내는 작용을 한다. 이별하는, 거부된 자는 낙원에서 내몰린, 마치 천사 게르빔의 칼로 몰려난 자의 느낌이다. 닫혀진 낙원의 문과 언젠가 한번 열렸으나 지금도 모순된 감정들─침울, 후회, 비난, 무거운 근심─에 의해 찢어진 마음은 대조를 이룬다. 「로마의 비가」, 『서동시집』에서와는 달리 열정은 내면화된 사랑으로 다가온다. 낙원의 문이 잠겨있기에 그의 마음도 25행 '제 안에 잠겨있다' 사랑의 상실은 또한 세계상실을 의미하는데, 그렇지 않다면 31행 '세계가 남아 있지 않단 말인가?'라는 표현은 가능하지 않다. 여기서 사랑, 자아, 세계상실의 경험이 극단적으로 구체화되고 있다.

　　그러나 한편 이러한 한탄은 그녀에 대한 아름답던 기억으로 이어진다. 7연에서 그녀는 가볍고 사랑스러운, 천사 세라핌처럼, 날씬하고 즐겁게 춤추는 모습으로 표현된다. 이어지는 세 연에서 마음은 중심이 되어, '불꽃 글씨로 적힌' 그녀의 거처이자 그녀가 보호받는 장소가 된다. 이때 사랑하는 이의 마음은 그녀를 위해 유보된 장소이며 그녀를 받아들이는 곳이다. 사랑은 다시 내면화의 과정으로 분명하게 나타난다.

　　사랑은 『서동시집』에서의 의미와 한편으로 멀리 떨어져 있으나 동시에 공통점을 보인다. 『서동시집』 해설서인 『메모와 논고』에서 괴테는 동방의 사랑을 숭고한 정신적 삶으로의 열림이라 칭송한다. 「비가」 11연은 '사랑이 사랑하는 이에게 정신을

주면, 그런 건 내게서 더없이 사랑스럽게 이루어졌다'고 노래한
나. 사랑이 기저다주는 열광은 63행 '기쁜 설계'와 '재빠른 행
동'의 능력을 부여하고 73행 '평화의 신'과 비교되는 75행 '명랑
한 평화'를 선물한다. 14연은 "비가"의 핵심을 표현한다.

> 우리 가슴 속의 깨끗함 가운데 지향 하나가 물결친다.
> 보다 높고 보다 깨끗한, 미지의 것에 감사하며 제 스스로
> 를 헌신하려고 영원히 일컬어지지 않은 것이 수수께끼를
> 풀며 우리는 그것을 경건하다고 부른다!-그런 드높은 지
> 복에 나의 몫이 있음을 느낀다, 그녀 앞에 서면

감사하는 마음과 헌신은 사랑의 태도인데, 이 태도는 사랑
에 국한되지 않고 삶 전체의 태도로 이어진다. 괴테에게서 배
우는 교훈은 주어진 삶과 운명에 대한 감사하는 마음 그리고
겸손한 태도이다. 운명은 예측할 수 없는 힘으로 우리를 압도
하며 설사 슬픔, 고뇌, 불행을 피할 수 없다 해도 운명을 거부
하거나 부정하는 것이 아니라 이를 어떤 태도로 받아들이냐
가 우리의 몫이라는 것이다. 언어로 표현할 수 없는 세계의
비밀스러움에 경탄하며 경건한 마음을 갖도록 하는 사랑은
진정 위대하지 않은가.

이어지는 15연은 삶의 영역으로 돌아가 사랑의 도덕적 정
화작용에 대해 노래한다. '그녀의 시선 앞에서', '그녀의 숨결

앞에서', '어떤 이기심도', '어떤 강한 의지도 버티지 못한다'. 이어지는 연에서 사랑하는 여인의 입을 통해 전하는 충고가 전해진다. 과거에서 무언가를 알려하지 말고 미래를 엿보려 하지 말고-왜냐하면 인간에게 허락된 것이 아니기에-지금 순간에 만족한 것을 충고한다. 현재의 순간을 자기 것으로 하라는 지시는 사랑을 하게끔 해준 운명의 호의에 감사하라는 의미인 동시에 '그녀에게서 물러나라'는 이별의 신호가 된다. 이후 사랑의 기억들은 한탄에서 벗어나 있다.

20번째 연에서는 사랑의 열정으로 인한 괴로움이 지속되며, 이 고통은 '벌써 내 가슴속에 깃들어 거세게 잡아챈다', '내 가슴은 죽음과 삶이 끔찍하게 싸움을 벌이는' 장소이다. 1823년 괴테는 2월과 11월 두 차례 육체적 고통에 시달렸는데 오늘날 병명으로는 심근경색이다. 사랑하는 여인의 모습을 붙잡는 일은 더 이상 가능하지 않다. '그녀의 모습을 수천 번 되풀이해 그려본다', '금방 머뭇 머뭇 머물다가, 금방 낚아채진다'. 나와 너의 단절은 '여기서 나를 떠나라 충직한 길동무여!', '나를 홀로 버려두라'에서 관계의 손상으로 나타난다.

땅과 하늘, 자연의 비밀에 대한 탐구는 타인에게 위임되고 절망한 자는 고독으로 침잠한다. 마지막 연에서 절망이 극단에 이른다. 낙원에서 내몰린 자는 세계로부터 그리고 우주로부터 배제되며 '나에게는 나 자신이 상실되었다'라는 표현에서 자신으로부터 소외된다. 제우스 신에 의해 가장 아름다운 모습으로 인간세상으로 보내신, 모든 새능을 부어빚은, 그러나 또한 위험을 상징하는 판도라는 프로메테우스가 훔쳐 전해준 하늘의 불을 선사받은 인간에게 보내진 것이다. 예술가를 상징하는 '주기 좋아하는 입'은 신의 은총인데, 이 은총으로부터 떨어져나간다는 것은 깊은 나락으로의 추락이다. 이 마지막 연에서 「비가」의 탄식조를 능가하는 절망이 모이고, 고통은 서정적 자아의 이야기를 비극의 파토스로 몰아간다.

「비가」는 비극적 감정구조의 원현상 또는 서정적 비극으로 해석할 수 있다. 1824년 6월 괴테는 뮐러 수상에게 비극에 대해 다음과 같이 말한다. "비극적인 것은 화해를 허락하지 않는다." 「비가」의 마지막 행 "나를 나락으로 몰아넣었다"는 바로 비극성의 본질인 출구 없음을 확인해준다. 다른 한편 괴테는 1831년 10월 쩰터에게 보낸 편지에서 "자신은 비극시인으로 태어나지 않았는데, 왜냐하면 자신의 본성은 유화적이기 때문이다"라고 적고 있다. 순수 비극의 경우에 나타나는 화해할 수 없음은 그에게 부조리한 것으로 여겨진다.

괴테는 1827년 『예술과 고대에 관하여』라는 잡지에 「아리스토텔레스에 관한 후기」라는 글을 싣는다. 이 글은 아리스토텔레스의 비극론에 대해 오랫동안 몰두한 결과물이었다. 괴테의 아리스토텔레스의 비극론에 대한 번역과 해석은 계몽주의 극작가 레씽이 「함부르크 연극론」에서 아리스토텔레스의 카타르시스 개념을 영향사적으로 해석했던 것과 대조를 보인다.

레씽은 등장인물, 즉 행동하는 인물의 연민과 공포가 아니라 관객이 느끼는 연민과 공포가 정화되는 것으로 해석한다. 즉, 카타르시스는 관객의 도덕적 작용을 의미하는 것이다. 이와는 달리 괴테는 "비극은 의미심장한 그리고 완결된 극의 진행을 모방하는 것이며, 극의 진행은 등장인물이 연민과 공포로부터 열정이 화해의 상태에 이르면서 종결된다."고 해석한다. 괴테에 따르면 아리스토텔레스는 비극의 구성에 대해 언급한 것이며 관객에 대한 가능한 영향을 생각한 것은 아니라는 것이다. 그렇다면 카타르시스는 극 자체에서 화해의 완성으로 발생하는 것이 된다. 여기서 카타르시스에 대한 문예학적 논쟁을 더 진행시키기 보다는 괴테는 단지 카타르시스를 작품에 내재하는 과정으로 이해한다는 것만을 설명하고자 한다. 그렇다고 이 문제가 하찮은 것으로 오해되어서는 안 된다. 비극에서 화해의 완성은 단지 인간희생으로만 가능하다. 예컨대 괴테의 『이피게니에』는 희랍비극작품을 소재로 하고 있으나 인간의 운명이 신의 의지에 의해 결정되는 희랍비극과는 다르게 희생을 감수하는 고귀한 인간성이 신의 자의적 결정을 극복할 수 있다는 점을 보여준다.

이제 우리가 검토해 볼 문제는 「열정의 3부작」에서 비극적인 것은 화해를 허용하지 않는다는, 그러나 비극은 모든 문학작품에서 요구되는 화해의 완성을 이루어내야 한다는 괴테의 모순된 입장이 어떻게 해결되는지에 관한 것이다. 「비가」는 화해에 이르시 못한 채 멸망으로 끝난다. 신들이 요구하고 명하는 것은 인간희생을 특징으로 한다. 따라서 비극적 상황을 비켜갈 수 없음은 자명하다. 「비가」에 바로 연이은 3부작의 세 번째 시 「화해」는 이미 제목으로 그 주제를 말하고 있다. 그렇다고 두 번째 시 「비가」의 의미가 그 주제들―슬픔에 대한 위로 없음, 비극적 냉혹함의 소용돌이에서 화해 없음―로 인해 퇴색되는 것은 아니다. 3부작이라는 형식은 시인으로 하여금 예술가의 형상에서 나타나는 비극적인 것을 건드리지 말아야 할 것을 지시하지만 동시에 이 형상에서 화해가 준비되어 있음을 시사한다.

3번째 시 「화해」의 첫 행 "열정은 고통을 가져온다"는 앞 시 「비가」의 결과를 다시 한 번 일반화하고 있다. 첫 연의 내용은 앞의 시 「비가」와 연결되고 있음을 알 수 있는데 사랑의 상실, 아름다운 것과 숭고한 것의 덧없음을 한탄하며, 의미에 앞서 드러나는 공허함을 노래한다. 1연은 그러나 「화해」로의 전환을 위한 전제조건을 노래한다. 2연 첫 행 '저기 음악이 천사의 날개로 너울너울 날아온다'는 화해로의 전환을 시사한다. '저기'라는 지시어는 특별한 시간적·공간적 의미를 내포하는데, 거의 갑작스런 신의 출현처럼 '천사의 날개로' 음악은 곤경에 빠진 자를 구원하기 위해 등장한다. 음악은 우리의 내면으로 파고들어 영원한 아름다움에 참여하도록 하며, 고통을 진정시키는 눈물을 흘리게 하며 특별하면서 동시에 보편적인 것과 관계 맺도록 한다.

괴테는 마리엔 바트에서 울리케와 이별하기 직전 폴란드 출신 마리아 시마노프스카의 피아노 연주와 베를린의 여가수 안나 밀러 하우프트만의 가곡에 압도되는 경험을 한다. 1823년 8월, 그는 젤터에게 다음과 같이 적고 있다. "정말 놀라운 것이었소. 요 며칠 나는 음악의 엄청난 힘을 느낀다오." 세 번째 시 「화해」에서, 특히 2연에서 언급되는 음악은 열정이 불러온 고통스런 위기에 직면한 자에게 깊은 효과를 불러일으키고 있음을 보여주고 있다. 괴테는 아리스토텔레스의 시학에 관한 글에서 음악의 작용과 비극에서의 카타르시스를 동일한 것으로 이해한다. 「화해」의 두 번째 연이 노래하는 것처럼, 음악은 내면의 일그러진 상태를 펴주고 가장 깊은 곳에 도달하여 감동을 준다. 3연에서 고통으로 일그러진 마음은 음악으로 인해 삶으로 향한다. 심장은 가벼워지고 다시 새롭게 고동친다.

마지막 행 '음과 사랑의 두 겹 행복'은 예술과 삶이 만나는 곳으로 찾아온다. 저명한 괴테 연구자 막스 콤머렐은 음악의 치유 기능에 대해 다음과 같이 말하고 있다. "음악의 특징인 상의 부재에 구원의 가능성이 존재한다. 치유는 단지 이 세상에 존재하지 않는 것으로부터만 가능하다." 이 말은 '천사의 날개'로 우리에게 다가오는 '음의 신적인 가치'를 지시한다. 음악은 이 세계에 속하지 않은 것으로부터 창조되어 기능하시만, 11행 '보다 높은 동경 속에서' 음악은 이 세계 그리고 우리와 관계 맺는다. 예술, 음악을 수용하는 능력을 표현하는 「열정의 3부작」에는 종교적 모멘트가 내재하는데, 이를 초월성으로의 도피로 이해해서는 안 된다. 다시 말해 진정한 화해란 내재성과 초월성이 화해할 때 진정 가치 있는 아름다움으로 다가오는 것이 아니겠는가.

II. 맺는말

    괴테문학에서 가장 중요한 주제는 공동체의 일원으로 사회적 삶을 살아야하는 개체가 어떤 태도를 가져야 하는가의 문제이다. 다양한 구성원들로 이루어진 사회는 규범, 제도, 법, 도덕 등을 불가피하게 강요하는데 이러한 사회적 요구를 개인이 어떤 태도로 수용해야 하는가의 문제이다. 괴테는 『빌헬름 마이스터의 수업시대』에서 주인공이 성숙한 사회적 존재가 되어가는 과정, 교양의 과정을 그리고 있다. 교양이란 다름 아닌 자아형성인데 괴테와 쉴러에 따르면 이는 오직 미적 교육을 통해 가능하다. 예술작품은 인간과 세계, 삶의 불가해성에 대한 탐구이며 우리는 예술과 만남으로 인식의 지평을 넓히고 형이상학적 존재로 나아간다. 예술은 또한 삶의 부조리함과 비극성을 극복하고 이들과 화해를 할 수 있는 가능성을 모색한다. 앞서 살펴본 시들은 올바른 자아인식, 형이상학적 존재가 되고자하는 인간의 노력, 시를 통한 현실의 극복가 능성, 주어진 삶에 겸손하고 감사하는 태도, 그리고 예술의 치유에 대한 시적 표현이다.

노년에 접어든 괴테는『빌헬름 마이스터의 편력시대』라는 장편소설을 완성하는데 이 작품은 오늘날 우리가 경청해야 하는 삶의 지혜로 가득하다. 괴테는 이 작품에서 '경외심'을 배워 야 한다고 강조한다. 경외심이란 존경과 두려움의 태도인데 이 것이 인간 교육의 핵심이다. 경외심은 우리 위에 있는 것에 대한 경외심, 우리 아래의 것에 대한 경외심, 우리와 같은 것에 대한 경외심으로 구분되는데 이 세 가지 경외심으로부터 최상 의 경외심, 즉 자기 자신에 대한 경외심이 나오며, 이 경지에 도달한 자는 오만과 자만으로 인한 비천함에 이끌리지 않는다 고 말한다. 첫 번째 경외심은 "우리가 우리 위에 존재하는 그 어떤 것도 인정하지 않음으로써가 아니라, 우리 위에 존재하는 것을 존경함으로써 우리는 자유로워진다. 우리는 존경함으로써 그들에게로 상승하며 이를 인정함으로써 우리 스스로 내면에 숭고한 것을 지니고 있으며, 그와 같은 존재가 될 수 있는 가 치를 갖고 있음을 깨닫게 된다. 두 번째 경외심은 우리가 원하 지 않는, 그러나 피할 수 없는 삶의 고통과 어두운 면에 대해 인내하고 받아들일 것을 요구한다. 우리가 통제할 수 없는 힘 에 의한 비극성은 비켜갈 수 없기에 감수해야 하며 또한 우리 와 같은 존재에 대한 경외심이 필요하다는 것은 동등한 자들과 연대를 통해서만 사회적 문제를 해결할 수 있다는 인식에서 비롯된다. 따라서 경외심이란 숭고한 존재로의 실현가능성에 주목하고, 삶의 고통과 부조리함을 극복하는 가능성을 제공하며, 연대감을 기반으로 한 공동체를 만들어 갈 수 있는 전제이다.

세계와 인간에 대한 경탄의 경험은 괴테에게 중요한 의미를 갖는다. 존재의 경이로움을 인식하고 느끼는 것은 시인과 사색가에게만 허용되는 행복이다. 존재자가 자신의 참모습을 드러내 보일 때 우리는 경외심에 사로잡히고 존재하는 것의 깊은 의미와 충만함을 경험한다. 대상과의 교감을 통해 이루어지는 경이로움에 대한 경탄의 태도는 인식의 주체인 인간과 대상의 소외를 극복하는 경험이다. 괴테는 이 특별한 경험을 『빌헬름 마이스터의 편력시대』에서 다음과 같이 말한다. "난생 처음 외부세계가 활짝 열렸던 그 경험이야말로 내게는 살아가는 동안 내내 진정한 원래 자연의 모습으로 생각되었으며, 이에 비해 그 뒤 내 오관에 들어온 여타의 모든 것은 단지 그것을 베껴놓은 것에 지나지 않은 것 같았습니다. 이 복제품은 비록 저 본원적 자연의 모습과 많이 닮기는 했지만 그 고유한 근원적 정신과 감각을 결여하고 있었습니다." 시인은 대상이 전하는 근원적 존재의 참된 의미를 우리에게 시로 노래한다. 주어진 삶에 감사하고 때로는 인내하며 좀 더 지혜롭고자하는 독자들에게 괴테의 시가 잊고 싶지 않은 인간다움의 가치를 전해주었으면 한다.

‖ 참고문헌

Goethe, J. W. von : *Goethes werke Bd I, Gedichte und Epen I*, Hrsg, V.E.Trunz, C.H.Beck Verlag, München, 1982.

Goethe, J. W. von : *Goethes werke Bd II, Gedichte und Epen II*, Hrsg, V.E.Trunz, C.H.Beck Verlag, München, 1982.

『괴테 시 전집』 : 전영애 옮김, 민음사, 2009.

『서동시집』 : 안문영 외 옮김, 문학과 지성사, 2006.

Anglet. A : *Der ewige Augenblick*, Böhlau Verlag, 1991.

Bahr, E : *Die Ironie im Spätwerk Goethes*, Erich Schmidt Verlag, Berlin, 1972.

Bhatti, A : *Der Orient als Experimentierfeld*, Goethes Divan und der Aneignungsprozeß kolonialen Wissens, in Goethe Jahrbuch 2009.

Conrady, K.O : *Goethe, Leben und Werk*, Athenäum Verlag, 1987.

Goethe Handbuch Bd I : *Hrsg, von R.Otto und B.Witte*, Metzler Verlag, stuttgart, 1996.

Gutjahr, O : *Westöstlicher und Nordsüdlicher Divan*, Goethe in interkultureller Perspektive, Ferdinand Schöningh, 2000.

Günzler, C : *Bildung und Erziehung im Denken Goethes*, Böhlau, 1981.

Hillenbrand, R : *Klassischer Geist in Goethes West-östlichem Divan*, Peterlang Verlag, 2010.

Hofmann, M : *Interkulturelle Literaturwissenschaft*, Wilhelm Fink, Verlag, 2006.

Hörisch, J : *Die andere Goethezeit*, Wilhelm Fink Verlag, München, 1992.

Kaufmann, S : *Schöpft des Dichters reine Hand, Studien zu Goethes poetologischer Lyrik*, Univerlag Winter, 2011.

Kemper, D : *Ineffabile. Goethe und die Individualitätsproblematik der Moderne*, Wilhelm

Fink Verlag, 2004.

Kermani, N : *Gott ist schön : Das ästhetische Erleben des Koran*, C.H.Beck Verlag, 2011.

Klünker, W. U : *Goethes Idee der Erziehung zur Ehrfurcht*, Dissertation, Göttingen, 1987.

Maierhofer, W : *"Wilhelm Meisters Wanderjahre" und der Roman des Nebeneinander*, Aisthesis Verlag, 1990.

Mandelkow, K. R : *Goethe in Deutschland Bd I, II*, C.H.Beck Verlag, 1980.

Matussek, P(Hrsg) : *Goethe und die Verzeitlichung der Natur*, C.H.Beck Verlag, 1998.

Mayer, M : *Natur und Reflexion, Studien zu Goethes Lyrik*, Vittorio Klostermann, Frankfurt am Main, 2009.

Meier. R.: *Gesellschaftliche Modernisierung in Goethes Alterswerken*, Rombach Verlag, 2002.

Mittermüller, C : *Sprachskepsis und Poetologie*, Max Niemeyer Verlag, Tübingen, 2008.

Mommsen, K : *Goethe und der Islam*, Insel Verlag, 2001.

Mommsen, K : *Goethe und uns re Zeit*, Suhrkamp Verlag, 1999.

Mommsen, K : *Orient und Okzident sind nicht mehr zu trennen*, Wallenstein Verlag, Göttingen, 2012.

Nagel, T : Der Koran : *Einführung, Texte, Erläuterungen*, C.H.Beck Verlag, 2002.

Saße, G : *Auswandern in die Moderne*, Walte de Gruyter Verlag, 2010.

Schiller, F : *Über die ästhetische Erziehung des Menschen*, Werke und Briefe Bd 8, Deutscher Klassiker Verlag, 1992.

Schößler, F : *Goethes Lehr- und Wanderjahre* : Eine Kulturgeschichte der Moderne, Francke Verlag, 2002.

Schwander, H.P : *Alles um Liebe?*, Westdeutscher Verlag, 1997.

Schwarz, H.G : *Der Orient und die Ästhetik der Moderne*, Iudicium verlag, 2003.

Stöcklein, P : *Wege zum späten Goethe*, Marion von Schröder Verlag, Hamburg, 1960.

Rohde, C : *Goethes Liebeslyrik*, Walter de Gruyter Verlag, 2013.

Voßkamp, W : *Der Roman eines Lebens*, Berlin University Press, 2009.

Witte, B(Hrsg) : *Gedichte von Johann Wolfgang Goethe*, Reclam, 2009.

Witte, B : Goethe : *Das Individuum der Moderne schreiben*, Könighausen&Neumann, 2007.

Witte, B(Herg) : *Medialität und Gedächtnis*, Metzler Verlag, 2001.

‖ 그림출처

표지

https://commons.wikimedia.org/wiki/File:2013-08-13-Goethe-Schiller-Denkmal.jpg

서문 앞 요한 볼프강 폰 괴테 (p.4)

https://en.wikipedia.org/wiki/Johann_Wolfgang_von_Goethe#/media/File:Goethe_(Stieler_1828).jpg

1. 환영과 이별(슈트라스부르크 유학시절 만난 프리데리케 브리온) (p.9)

https://www.deutsche-digitale-bibliothek.de/item/SUZ3ZAK3SJGC6ZHBU6WPXJ73XYVPFB7Q?thumbnail-filter=on&query=Friederike&isThumbnailFiltered=true&rows=20&offset=0&viewType=list&firstHit=SUZ3ZAK3SJGC6ZHBU6WPXJ73XYVPFB7Q&lastHit=lasthit&hitNumber=1

2. 일메나우 (일메나우 지역을 담은 괴테의 스케치) (p.15)

https://de.wikipedia.org/wiki/Datei:JohannWolfgangVonGoetheStuetzerbacherGrundBeiIlmenauTuschezeichnungS98.jpg

3. 왜 그대 우리에게 이 깊은 시선을 주었는가 (바이마르 슈타인 부인) (p.28)

https://ko.wikipedia.org/wiki/%ED%8C%8C%EC%9D%BC:Charlotte_von_Stein.jpg

4. 나그네의 저녁노래 (시의 배경이 된 키켈한 산) (p.35)

https://ko.wikipedia.org/wiki/%ED%8C%8C%EC%9D%BC:Kickelhahn_von_P%C3%B6H%C3%B6_aus.JPG

5. 로마의 비가 (19세기 초 로마의 전경) (p.46)

https://ko.wikipedia.org/wiki/%ED%8C%8C%EC%9D%BC:Wittel_View_of_Rome_from_Villa_Medici.jpg

6. 사물의 변형 (괴테의 정원) (p.59)

https://ko.wikipedia.org/wiki/%ED%8C%8C%EC%9D%BC:Weimar_Goethe_Garten
.jpg

7. 황홀한 그리움 (페르시아 시인 하피스) (p.77)

https://ko.wikipedia.org/wiki/%ED%8C%8C%EC%9D%BC:Feuerbach_Hafis_am_Br
unnen.jpg

8. 은행잎 (괴테가 자필로 쓴 시 「은행잎」) (p.87)

https://ko.wikipedia.org/wiki/%ED%8C%8C%EC%9D%BC:Goethe_Ginkgo_Biloba.jpg

9. 천 가지 모습으로 (『서동시집』 성립 시기에 만난 마리안네 빌레머) (p.96)

Eike Pies, *Goethe auf reisen,* Begegnungen mit Landschaften und Zeitungnossen,
Kunst und Wohnen Verlag G.m.b.H., Wuppertal, 1970, p.89.

10. 열정의 3부작 (노년의 괴테가 사랑에 빠진 울리케 레베초프) (p.106)

https://ko.wikipedia.org/wiki/%ED%8C%8C%EC%9D%BC:Ulrike_von_Levetzow.jpg